Miguel de Cervantes

Dom Quixote

Pé da letra

1.ª edição – Cotia, 2018

www.editorapedaletra.com.br

Direção editorial	James Misse
Edição	Andressa Maltese
Capa	Leonardo Malavazzi
Tradução e adaptação	Marcelo Montoza
Revisão de Texto	Nilce Bechara

DCIP-BRASIL. CATALOGAÇÃO-NA-FONTE
SINDICATO NACIONAL DOS EDITORES DE LIVROS, RJ

M796d
Cervantes, Miguel de
Dom Quixote / adaptação de Marcelo Montoza.
- 1. ed. - Cotia, SP : Pé da Letra, 2018.
il.
ISBN 978-85-9520-085-2

1. Cervantes Saavedra, Miguel de, 1547-1616. Don Quijote. 2. Dom Quixote (Personagem fictício). I. Título.

18-47842 CDD: 863
CDU: 821.134.2-3

A MAIOR FICÇÃO DE TODOS OS TEMPOS

Quando a primeira parte de *O engenhoso fidalgo Dom Quixote de La Mancha*, de Miguel de Cervantes, foi publicada em 1605, as novelas de cavalaria eram muito populares na Europa. Histórias como *O Rei Arthur e a Távola Redonda* e *Amadis de Gaula*, com suas aventuras fantásticas e batalhas contra monstros imaginários, eram lidas em momentos de entretenimento e lazer. A narrativa de Dom Quixote, contudo, era diferente: tratava-se de uma poderosa e cômica paródia dos livros de cavalaria.

O sucesso foi imediato. As façanhas do Cavaleiro da Triste Figura e de seu fiel escudeiro, Sancho Pança, ganharam fama rapidamente. Em 1615 veio à luz a segunda parte da obra, e, a partir daí, a história de Dom Quixote atravessou os séculos como uma espécie de monumento literário, sendo considerada por muitos especialistas e escritores consagrados como a narrativa de ficção mais importante de todos os tempos.

Um dos pontos fortes da obra, entre tantos outros méritos indiscutíveis, é a possibilidade inesgotável de interpretações que ela proporciona. Se, num primeiro momento, destacaram-se os aspectos humorísticos e satíricos, a partir do final do século XVIII, com o advento do Romantismo, fatores mais "sérios" passaram a ser considerados, e a "loucura" de Dom Quixote pôde ser interpretada como uma representação das angústias do homem moderno em desajuste com o seu tempo.

Considerado o primeiro romance moderno, Dom Quixote provocou impacto em todos os campos da arte: ficcionistas, poetas, artistas plásticos, dramaturgos, cineastas, etc., inspiraram-se na genialidade da obra para compor a sua própria visão de mundo. O grande escritor argentino Jorge Luis Borges dizia que uma das coisas mais felizes de sua vida foi ter conhecido Dom Quixote. O escritor brasileiro Ariano Suassuna também era um entusiasta do livro e afirmou que Cervantes serviria eternamente para todas as gerações.

Esta adaptação oferece ao leitor a oportunidade de entrar em contato com a grandeza e a engenhosidade de uma obra-prima da literatura universal. Por meio de uma linguagem acessível, mas que procura reproduzir o ritmo e a riqueza da obra original, é possível acompanhar, ao lado dos eternos Dom Quixote e Sancho Pança, algumas das aventuras mais famosas da história da literatura.

Boa viagem!

PRIMEIRA PARTE

CAPÍTULO I

Sobre a origem do famoso fidalgo Dom Quixote de La Mancha

Num lugarejo em La Mancha, de cujo nome não me lembro, vivia, não faz muito tempo, um desses fidalgos de lança nas costas, escudo antigo, cavalo magro e bom cão de caça. Morava com uma governanta que passava dos 40, uma sobrinha que não chegava aos 20 e um criado que realizava serviços manuais. O nosso fidalgo beirava os 50 anos, era de compleição rija, seco de carnes, enxuto de rosto, grande madrugador e amigo da caça. Alguns dizem que ele se chamava "Quijada", outros, que seu sobrenome era "Quesada", não concordando entre si os diferentes autores que sobre ele escreveram. Mas isso pouco importa à nossa história. O fundamental é não nos afastarmos um ponto sequer da verdade.

É preciso dizer que esse tal fidalgo, nas horas de ócio – que eram muitas –, dava-se a ler livros de cavalaria com tanto empenho e prazer que se esqueceu quase por completo da caça e da administração da fazenda. Era tamanha a sua paixão por essas histórias que ele vendeu grande parte de suas terras para comprar livros de cavalaria. Entre os seus preferidos estavam os escritos pelo famoso Feliciano da Silva. Ele ficava encantado com a clareza da prosa e as pérolas do estilo quando se deparava com trechos como: "A razão da não razão que se impõe à minha razão, que enfraquece a minha razão, que com razão faz com que eu lamente a tua beleza". E também quando lia: "Os altos céus que da vossa divindade com as estrelas divinamente fortificam-vos e fazem-vos merecedora do merecimento que merece a vossa grandeza...". Nesses momentos perdia o bom senso e lutava para entender e desentranhar o sentido dos textos, sem considerar que nem mesmo Aristóteles seria capaz de tal façanha, mesmo que ressuscitasse só para isso.

Lendo sem parar, o pobre cavaleiro chegou ao ponto de passar as noites em claro e os dias no escuro. Assim, de tanto ler e pouco dormir, se lhe secaram os miolos, de modo que perdeu o juízo. A sua imaginação foi dominada por tudo o que ele lia nos livros: encantamentos, feitiçarias, batalhas, desafios, ferimentos, amores e disparates impossíveis. Parecia-lhe tão verossímil aquela trama de sonhadas invenções que, para ele, não havia no mundo nada de mais verdadeiro.

Então, já fraco do juízo, ocorreu-lhe o mais estranho pensamento que jamais ocorrera a outro louco neste mundo: pareceu-lhe conveniente e necessário, tanto para o aumento de sua glória como para o benefício de sua pátria, fazer-se cavaleiro andante, sair pelo mundo com suas armas e seu cavalo em busca de aventuras e viver tudo o que havia lido sobre cavaleiros andantes, desfazendo injustiças e enfrentando perigos, para assim conquistar fama e eternizar o seu nome. E com pensamentos tão aprazíveis se deu pressa em pôr em prática o que desejava.

A primeira coisa que fez foi limpar uma armadura que pertencera a seus bisavós e que havia séculos jazia esquecida num canto da casa, coberta de ferrugem e mofo. Entretanto, viu que a armadura apresentava uma falha: não tinha um capacete digno, com viseira, e sim um acessório simples que cobria parte da cabeça. Tratou logo de resolver o problema e, com papelão, fez uma espécie de viseira que encaixou no capacete. Para comprovar se a viseira era forte o bastante, ele sacou de sua espada e lhe deu dois golpes, destruindo num instante o que levara uma semana para fazer. Preocupado, refez sua obra, dessa vez com barras de ferro por dentro. Satisfeito com o resultado e com a aparência de seu capacete completo, achou melhor não testá-lo outra vez.

Em seguida, foi examinar seu cavalo, e, embora o animal estivesse magro e cabisbaixo, pareceu-lhe que nem o cavalo de Alexandre, o Grande, nem o de El Cid estavam à altura do seu. Passou quatro dias pensando que nome lhe daria, pois o cavalo de um cavaleiro tão famoso e tão nobre não poderia andar por aí sem nome conhecido. Terminou por chamá-lo "Rocinante", nome que lhe pareceu alto e sonoro. Nomeado o cavalo, desejou nomear a si próprio e, nessa tarefa, passou mais oito dias, ao fim dos quais veio a se chamar "Dom Quixote de La Mancha".

Imaginou, então, que nada mais lhe faltava a não ser uma dama da qual se enamorar, já que um cavaleiro andante sem amores é como um corpo sem alma ou uma árvore sem folhas e frutos. Dizia ele a si mesmo:

— Se eu, por sorte, topar por aí com algum gigante (como normalmente acontece aos cavaleiros andantes) e o derrubar de um golpe, não seria melhor ter a quem o enviar como presente? E que o gigante entrasse e caísse de joelhos aos pés da minha doce senhora e dissesse humilde e rendido: "Eu, senhora, fui vencido em singular batalha pelo nunca suficientemente elogiado cavaleiro Dom Quixote de La Mancha, o qual mandou que eu aqui me apresentasse para que vossa grandeza faça de mim o que bem entender".

Oh, como se emocionou o nosso bom cavaleiro ao fazer esse discurso, e mais ainda quando achou a quem nomear como sua dama. Ele se lembrou de uma jovem lavradora de boa aparência e de quem andara enamorado por algum tempo, embora ela nunca tivesse desconfiado disso. Chamava-se Aldonza Lorenzo, mas era necessário dar-lhe outro nome que se ajustasse melhor à condição de princesa e grande senhora. Assim, passou a chamá-la "Dulcineia d'El Toboso", pois em El Toboso ela havia nascido.

CAPÍTULO 2

A primeira saída de Dom Quixote de suas terras

Tomadas essas providências, não quis perder mais tempo e, sem que ninguém notasse, certa manhã, antes de raiar o dia, armou-se com todas as armas, montou em Rocinante, colocou o seu escudo, empunhou a sua lança e saiu escondido pelos fundos de um quintal, muito contente e entusiasmado ao ver com quanta facilidade iniciava sua vida de aventuras. Mas logo um pensamento terrível lhe veio à mente: lembrou-se de que não fora armado cavaleiro e, segundo a lei da cavalaria, não poderia sair mundo afora fazendo justiça e enfrentando malfeitores. No entanto, a sua loucura era tão inabalável que ele decidiu fazer-se armar cavaleiro pelo primeiro que encontrasse, como muitos outros haviam feito, conforme lera nos livros.

Seguia devagar, com os pensamentos voltados para os desatinos que os livros haviam lhe ensinado. O sol subia tão depressa e com tanto ardor, que teria bastado para derreter-lhe os miolos (se ainda tivesse algum). Caminhou durante todo o dia sem encontrar ninguém. Ao anoitecer, quando ele e seu cavalo estavam mortos de cansaço e fome, avistou ao longe uma estalagem que, em seu delírio de imaginar as coisas como havia lido, pareceu-lhe um castelo com direito a torres, fosso e ponte levadiça. À porta do castelo estavam duas moças de vida fácil que lhe pareceram formosas donzelas. Com uma linguagem estranha e gestos que as fizeram rir, ele as saudou como altas donzelas e entrou na estalagem.

O estalajadeiro, homem pacífico, ao ver aquela figura excêntrica e usando armas tão esquisitas, esteve a ponto de também cair no riso, mas achou melhor ser respeitoso diante de tantos apetrechos de batalha e perguntou-lhe em que podia servi-lo.

— Para mim, senhor castelão, qualquer coisa serve.

Em seguida, Dom Quixote entregou-lhe o cavalo dizendo que tivesse cuidado com ele, pois se tratava do melhor animal a pastar sobre o mundo. O estalajadeiro ficou surpreso, pois Rocinante não parecia valer muita coisa. O jantar foi servido à porta da estalagem, para que o nosso cavaleiro apreciasse a brisa fresca. O hospedeiro trouxe uma porção de um terrível bacalhau cozido e um pão tão imundo quanto a armadura do hóspede. Era engraçado vê-lo comer, pois ainda usava o capacete e segurava a viseira com as mãos. Uma das senhoras o ajudava com isso dando-lhe de comer, mas dar-lhe de beber seria impossível, não fosse o estalajadeiro furar um pedaço de cana e colocar-lhe uma ponta na boca e outra no vinho. Tudo isso Dom Quixote aceitava com paciência, desde que não cortassem as fitas que prendiam o capacete.

Durante o jantar, chegou à estalagem um castrador de porcos, que tocou sua gaita, o que bastou para Dom Quixote acreditar que realmente estava num famoso castelo e que o serviam com música, que o bacalhau eram trutas e o pão de trigo, fresquíssimo. Mas o que o preocupava era não ter sido armado cavaleiro, pois não seria legítimo lançar-se em aventuras sem antes receber a ordem da cavalaria.

CAPÍTULO 3

A curiosa maneira como Dom Quixote foi armado cavaleiro

Incomodado com esse pensamento, Dom Quixote encerrou o seu jantar e trancou-se com o estalajadeiro na cavalariça, ajoelhou-se a seus pés e lhe disse:

— Jamais me levantarei de onde estou, valoroso cavaleiro, enquanto não me outorgar um dom que lhe quero pedir!

O homem, vendo o seu hóspede a seus pés e ouvindo sua fala incomum, ficou confuso e pediu, sem sucesso, que Dom Quixote se levantasse. Por fim, ele não teve outra saída a não ser dizer que lhe outorgava o dom que lhe pedia.

— Não esperava menos de sua grande magnificência, meu senhor — respondeu Dom Quixote. — O dom que lhe pedi é que amanhã me arme cavaleiro, e esta noite na capela deste castelo velarei as armas. Cumprirei o que tanto desejo para poder ir por todas as quatro partes do mundo em busca de aventuras, em favor dos necessitados, como é função da cavalaria e dos cavaleiros andantes, como eu sou!

O hospedeiro, que era um tanto zombador e já percebera a maluquice de seu hóspede, concordou com a tal cerimônia, já prevendo o quanto aquilo seria divertido. Disse então a Dom Quixote que ele estava corretíssimo em querer armar-se cavaleiro e que ele mesmo, nos tempos de juventude, dedicara-se a esse honroso exercício e havia girado o mundo a cometer abusos, a conquistar viúvas, a desonrar donzelas e a enganar pupilos, tornando-se conhecido em quase todos os tribunais da Espanha.

Disse-lhe também que naquele castelo não existia capela, pois havia sido derrubada para reforma, por isso as armas de Dom Quixote teriam que ser veladas no pátio durante aquela noite e, na manhã seguinte, seria realizada a cerimônia que o tornaria cavaleiro, tão cavaleiro como nenhum outro no mundo poderia ser. Perguntou-lhe se havia trazido dinheiro e Dom Quixote respondeu-lhe que não, porque nunca havia lido, nas histórias dos cavaleiros andantes, que eles andassem com dinheiro. O estalajadeiro respondeu que Dom Quixote estava enganado, pois, mesmo que não estivesse escrito nas histórias, os cavaleiros andantes sempre levavam camisas limpas e bolsas recheadas, além de unguentos para curar as feridas que sofriam nas batalhas.

Dom Quixote prometeu seguir aqueles conselhos e foi para o pátio velar suas armas. Colocou-as sobre uma pia junto a um poço e, agarrando seu escudo e empunhando sua lança, começou a rondar a pia. O estalajadeiro contou a todos na estalagem sobre a loucura de seu hóspede, o velamento das armas e a intenção dele de ser armado cavaleiro. Ficaram todos admirados de tão estranho gênero de loucura e se puseram a observá-lo de longe, enquanto ele caminhava vagarosamente de um lado para o outro no pátio.

No meio da noite, um dos cavalariços que estavam na estalagem resolveu ir dar água a seus animais de carga. Para isso, ele precisou retirar as armas de Dom Quixote, que estavam sobre a pia. O fidalgo, ao vê-lo tocar nelas, disse em voz alta:

— Você, atrevido cavaleiro, que ousa tocar as armas do mais valioso cavaleiro andante que jamais empunhou espada! Se não quer deixar a vida por conta do seu atrevimento, não toque nelas!

O cavalariço, sem entender nada do que escutava, agarrou a armadura que estava sobre a pia e a jogou longe. Vendo isso, Dom Quixote ergueu os olhos aos céus e clamou para a sua senhora Dulcineia:

— Ajude-me, minha senhora, nesta primeira desafronta que a este seu vassalo se oferece! Que não me falte o seu favor e amparo!

Dizendo essas palavras, Dom Quixote largou o escudo, ergueu a lança com as duas mãos e deu com ela um tremendo golpe na cabeça do cavalariço, que foi ao chão todo estropiado. Feito isso, recolheu suas armas e tornou a caminhar com a mesma calma de antes. Os companheiros do cavalariço, ao vê-lo atordoado no chão, começaram a jogar pedras sobre Dom Quixote, que se protegia atrás de seu escudo. O estalajadeiro precisou apartar a briga e acalmar os ânimos de ambos os lados.

Temendo mais confusão, o estalajadeiro decidiu antecipar a cerimônia e tratou logo de armar Dom Quixote cavaleiro. Pediu que o fidalgo se ajoelhasse, improvisou uma devota oração e solicitou a uma daquelas damas que lhe cingisse a espada, o que ela fez se segurando para não rebentar em gargalhada. Concluído o inédito ritual, Dom Quixote julgou que era hora de montar em seu cavalo e sair em busca de aventuras. Abraçou o estalajadeiro e despediu-se com um discurso tão estranho que ninguém seria capaz de reproduzi-lo. O hospedeiro, que só pensava em livrar-se daquele hóspede extravagante, respondeu com poucas palavras e, sem cobrar-lhe a conta, deixou-o ir embora.

CAPÍTULO 4

Sobre o que aconteceu ao nosso cavaleiro quando saiu da estalagem

Amanhecia quando Dom Quixote saiu da estalagem contente e alvoroçado por já se ver armado cavaleiro. Lembrando-se dos conselhos do estalajadeiro sobre levar camisas limpas e dinheiro, resolveu voltar para sua casa e providenciar tudo, inclusive um escudeiro. Logo se lembrou de um lavrador vizinho, que era pobre e com filhos, mas que serviria bem como escudeiro de cavalaria. Com esses pensamentos, guiou Rocinante para a sua aldeia, caminho bem conhecido pelo animal, que começou a correr com tanta vontade que mal parecia tocar os pés no chão.

Não tinha andando muito quando ouviu vozes que vinham de um bosque. Eram vozes delicadas, como de alguém a se lamentar. Deu graças ao céu pela ocasião de cumprir com o seu dever de cavaleiro andante e poder amparar algum necessitado ou necessitada precisando de ajuda. Puxou as rédeas e fez Rocinante seguir na direção de onde vinham as vozes. Pouco adentrou no bosque quando se deparou com um rapaz de uns 15 anos, amarrado a um carvalho, nu da cintura para cima, sendo açoitado por um lavrador de grande porte.

Diante daquela cena, disse Dom Quixote:

— Descortês cavaleiro, parece que maltrata quem não pode se defender! Monte em seu cavalo, empunhe sua lança e enfrente-me de igual para igual!

O lavrador, ao perceber aquela figura cheia de armas brandindo a lança sobre seu rosto, tratou de explicar por que batia no rapaz.

— Senhor cavaleiro, esse rapaz é meu criado e cuida de minhas ovelhas. Acontece que todo dia me falta uma! E porque castigo seu descuido, ele diz que faço isso para que não precise pagar pelo seu trabalho.

— Ousa mentir na minha presença, vilão ruim? — disse Dom Quixote. — Solte o rapaz antes que eu faça uso de minha lança!

O lavrador baixou a cabeça e, sem dizer nada, soltou o seu criado, a quem Dom Quixote perguntou quanto lhe devia o seu amo. O rapaz respondeu que eram nove meses a sete reais por mês. Dom Quixote fez a conta e concluiu que dava 63 reais, que o lavrador deveria pagar logo, se não quisesse morrer por isso.

— O problema, senhor cavaleiro, é que não trago comigo dinheiro algum. Seria melhor o rapaz me acompanhar até minha casa — disse o lavrador.

— Ora essa! — exclamou o rapaz. — Quando estiver sozinho comigo, ele vai me esfolar como a um São Bartolomeu.

— Ele não se atreveria — garantiu Dom Quixote. — Basta

o meu mandato para que ele obedeça! Se ele me jurar pela lei da cavalaria que recebeu, eu o deixarei livre e sei que ele pagará o que deve.

O rapaz tentou argumentar que seu amo não era cavaleiro nem havia recebido ordem de cavalaria nenhuma, mas o lavrador jurou por todas as ordens de cavalaria do mundo que pagaria a sua dívida, real sobre real, e ainda mais uns cobres.

— Os cobres não são necessários — disse Dom Quixote. — Dê a ele tudo em prata, que isso me fará feliz. E saiba que se não cumprir o juramento, eu voltarei para castigá-lo. Tome conhecimento de que eu sou o valoroso Dom Quixote de La Mancha, o desfazedor de injustiças!

Ao dizer isso, Dom Quixote esporou o Rocinante e se afastou deles. O lavrador, estando outra vez sozinho com o seu criado, disse-lhe:

— Venha aqui, filho, que eu quero pagar o que devo do jeitinho que aquele desfazedor de injustiças mandou.

— É melhor cumprir o mandamento daquele bom cavaleiro — disse o rapaz.

— Sim — disse o lavrador. — Mas antes vou aumentar a dívida para acrescentar o pagamento!

O lavrador agarrou o rapaz pelo braço, tornou a amarrá-lo no carvalho e o açoitou durante um bom tempo. Por fim, soltou o rapaz outra vez e, rindo, mandou que fosse buscar o valoroso Dom Quixote de La Mancha. O rapaz, humilhado, saiu chorando.

Enquanto isso, o cavaleiro andante seguia caminho todo feliz e satisfeito por iniciar de maneira tão nobre a sua aventura de cavaleiro. Depois de duas milhas de caminhada, Dom Quixote avistou um grupo de pessoas que, como se soube depois, eram mercadores de Toledo que iam comprar seda em Múrcia. Assim que os viu, Dom Quixote imaginou que iria viver outra aventura e, para imitar tudo o que lera nos livros de cavalaria, empertigou-se, apertou a lança, chegou o escudo ao peito e esperou que aqueles cavaleiros andantes (pois já os tomava como tal) se aproximassem. Ergueu a voz em tom arrogante:

— Detenham-se todos até confessarem que não há no mundo donzela mais formosa que a imperatriz de La Mancha, a incomparável Dulcineia d'El Toboso.

Os mercadores pararam surpresos e curiosos ao som dessas palavras. Queriam ver melhor a estranha figura que as proferia. Logo concluíram que o homem era louco. Um deles, brincalhão, disse a Dom Quixote que provasse que a imperatriz era tão linda como dizia, pois dessa forma eles estavam dispostos a concordar. Dom Quixote retrucou que eles deveriam concordar sem vê-la, pois a sua beleza era indiscutível. O brincalhão resolveu levar a zombaria adiante dizendo:

— Senhor cavaleiro, suplico que nos mostre algum retrato dessa senhora, desse modo ficaremos convencidos. Mesmo que um olho dela seja torto e o outro esteja vertendo enxofre, ainda assim concordaríamos com sua beleza, por respeito ao senhor.

— Não verte nada, seu canalha infame! — retrucou Dom Quixote colérico. — Você pagará a grande blasfêmia que disse contra tamanha beldade como é a da minha senhora.

Dizendo isso, Dom Quixote arremeteu com tanta fúria contra o homem que só não deu cabo do atrevido mercador porque Rocinante tropeçou e caiu derrubando o cavaleiro, que rolou por terra. Dom Quixote não conseguia se levantar, pois a lança, o escudo, o capacete e o peso da velha armadura atrapalhavam. Enquanto lutava inutilmente para se erguer, ia dizendo:

— Covardes! Gente ruim! Não é culpa minha, mas do meu cavalo por eu estar esparramado aqui.

Um dos mercadores, não suportando mais aquele falatório, aproximou-se e tomou-lhe a lança, quebrou-a em mil pedaços e, com um deles, passou a dar pancadas em Dom Quixote. Foram tantos golpes que a armadura não serviu de nada e o nosso cavaleiro foi moído como um grão no pilão. Os outros gritaram que não lhe batesse tanto, mas o moço estava irritado e não parou até se cansar.

Os mercadores seguiram seu caminho. Quando se viu sozinho, Dom Quixote tentou novamente se levantar, mas, se não havia conseguido quando estava inteiro, como se levantaria depois de estar moído e quase desfeito? Apesar de tudo, ele ainda se sentia feliz, pois aquela desgraça parecia coisa própria de cavaleiros andantes. Além do mais, a culpa não era sua e sim do seu cavalo.

CAPÍTULO 5

Em que continua a narração da desgraça do nosso cavaleiro

Dom Quixote ainda estava caído quando quis a sorte que passasse por ali um lavrador vizinho seu que, vendo-o ali deitado, perguntou-lhe que mal sentia. A resposta que ouviu não fazia nenhum sentido. O lavrador se aproximou, ergueu a viseira destroçada pelas pancadas e reconheceu o fidalgo:

— Senhor, quem o deixou nessa situação?

O bom homem tratou de levantá-lo e montá-lo sobre o seu jumento. Em seguida, recolheu as armas e os pedaços da lança, amarrou-os sobre Rocinante e marchou para a aldeia perturbado com os absurdos que Dom Quixote ia dizendo. Chegaram ao lugar à hora do anoitecer, mas o lavrador esperou a noite cair de vez para que não vissem o fidalgo em tão mau estado. Entrou na vila e na casa de Dom Quixote, que se encontrava movimentada, estando ali o padre e o barbeiro da região, que eram grandes amigos dele. A agitação se dava porque havia três dias que Dom Quixote desaparecera sem dar nenhuma notícia.

A governanta amaldiçoava aos gritos os livros de cavalaria que o tinham feito perder a razão:

— O que me diz, senhor padre, da desgraça do meu senhor? Faz três dias que não há sinal dele, nem do cavalo, nem do escudo, nem da lança, nem das armas. Ai de mim! Foram esses malditos livros de cavalaria! Ele vivia falando sozinho que queria se armar cavaleiro e sair pelo mundo em busca de aventuras. Que carreguem para Satanás e Barrabás esses malditos livros que botaram a perder a mais delicada inteligência que havia em toda La Mancha.

A sobrinha dizia o mesmo e contava a Nicolás, o barbeiro, que muitas vezes havia acontecido de seu tio estar lendo esses desalmados livros de desventuras por dois dias e duas noites sem parar, até que atirava o livro que tinha na mão, sacava a espada e começava a golpear as paredes dizendo, ao fim, que tinha matado quatro gigantes.

O lavrador e Dom Quixote finalmente entraram na casa, para espanto geral. O fidalgo foi logo levado para a cama, onde verificaram se estava gravemente ferido, mas avaliaram que não. Ele explicou que havia recebido pancadas por ter levado um grande tombo com Rocinante, seu cavalo, ao enfrentar dez gigantes atrevidos e desaforados. Fizeram-lhe mil perguntas, mas ele não disse nada além de que desejava matar a fome e dormir em paz.

Assim fizeram, e o padre quis saber os detalhes de como o lavrador tinha encontrado o fidalgo. Isso aguçou o desejo do padre de fazer o que fez no dia seguinte, que foi chamar seu amigo, o barbeiro Nicolás, e com ele voltar à casa de Dom Quixote.

CAPÍTULO 6

Do exame que o padre e o barbeiro fizeram na biblioteca do nosso fidalgo

Dom Quixote ainda dormia quando o padre chegou, acompanhado do barbeiro, e pediu à sobrinha a chave do aposento onde ficavam os livros. Entraram e encontraram mais de cem grandes volumes, todos bem encadernados, e outros menores. A governanta veio com uma bacia de água benta e a entregou ao padre para que ele benzesse o aposento e espantasse algum possível encanto ou feitiço escondido nos livros.

O padre riu da simplicidade da governanta e pediu ao barbeiro que lhe fosse passando os livros, um por um, para ver do que tratavam, pois talvez alguns não merecessem ser queimados. A sobrinha achava que não deviam perdoar nenhum, pois todos causavam danos e seria melhor atirá-los pela janela e fazer uma grande fogueira no pátio. A governanta tinha a mesma opinião.

Mas o padre julgou melhor ler ao menos os títulos das obras antes de tomar essa providência.

O primeiro que o barbeiro lhe passou foi *Os Quatro de Amadis de Gaula*, e disse o padre:

— Que coincidência! Este foi o primeiro livro de cavalaria que se imprimiu na Espanha. Todos os demais tiveram origem nele. Como é o princípio de uma seita tão ruim, devemos condená-lo ao fogo.

— Não, senhor — disse o barbeiro. — Pois também ouvi dizer que é o melhor de todos os livros desse gênero. Então, como exemplar único de sua arte, deve ser perdoado.

— É verdade — disse o padre. — Devemos poupá-lo. O que é esse tijolo?

— Este é *Dom Olivante de Laura* — respondeu o barbeiro.

— O autor desse livro é o mesmo de *Jardim de Flores*, e não sei determinar qual dos dois é menos mentiroso. Vamos eliminá-lo — disse o padre.

Os livros condenados eram atirados ao pátio pela satisfeita governanta para arderem ao fogo. O padre, ao ver o próximo livro, que era *Palmerín de Oliva*, foi logo dizendo:

— Que essa oliva logo se parta e se queime, e não restem nem as cinzas.

E assim seguiram, analisando os livros maiores, volume por volume, julgando-os de acordo com suas preferências. Já cansado, o padre opinou que deveriam encerrar o exame e pôr fogo em todos os demais livros grandes, mas o barbeiro havia deixado cair um que se chamava *História do famoso cavaleiro Tirante el Blanco*.

— Valha-me, Deus! — exclamou o padre em voz alta. — Por

seu estilo, este é o melhor livro do mundo. Nele os cavaleiros fazem coisas cotidianas, como dormir, comer e morrer em suas camas, coisas de que todos os livros de seu gênero carecem. Leve-o para casa e o leia, e verá que é verdade o que estou dizendo.

— Assim será — respondeu o barbeiro. — Mas o que faremos desses pequenos livros que restam?

— Esses não parecem ser de cavalarias, e sim de poesia — disse o padre. — Talvez não devessem ser queimados como os demais, pois não causam dano como os de cavalarias.

— Ai, senhor! — disse a sobrinha. — Seria melhor queimá-los também, pois não seria estranho que meu tio, depois de curado da doença cavalheiresca, lendo esses resolvesse fazer-se pastor e andar pelos bosques cantando e tangendo, ou, pior ainda, fazer-se poeta, que, segundo dizem, é doença incurável e contagiosa?

— É verdade o que diz essa donzela — disse o padre. — Faremos bem em evitar que o nosso amigo cometa esse deslize no futuro.

E passaram a analisar os livros de poesia. O barbeiro prosseguiu dizendo:

— Os próximos são *O pastor de Iberia*, *Ninfas de Henares* e *Desengaños de celos*.

— Aqui não há o que fazer senão entregá-los aos braços da governanta para que os atire ao pátio, e não me perguntem o porquê, que seria uma explicação sem fim — disse o padre.

— O próximo é o *Cancioneiro*, de López Maldonado — continuou o barbeiro.

— O autor desse livro é amigo meu — disse o padre. — Os versos são admiráveis e tão suaves que encantam. É melhor guardá-lo com os escolhidos. Mas que livro é esse ao lado dele?

— *A Galateia*, de Miguel de Cervantes — respondeu o barbeiro.

— Já faz tempo que é grande amigo meu esse Cervantes, e sei que é mais versado em desgraças do que em versos — disse o padre. — O seu livro tem algo de bom, propõe alguma coisa, mas não conclui nada. É preciso esperar a prometida segunda parte. É melhor guardá-lo em sua casa, senhor compadre.

— Com prazer — disse o barbeiro.

O padre estava cansado de ver tantos livros e determinou que todos os outros fossem queimados, mas o barbeiro já havia aberto mais um, que se chamava *As Lágrimas de Angélica*.

— Eu é que derramaria essas lágrimas se tivesse mandado queimar esse livro, pois seu autor foi um dos poetas mais famosos do mundo e não apenas da Espanha, além de ter traduzido muito bem algumas fábulas de Ovídio.

CAPÍTULO 7

Sobre a segunda saída do nosso bom cavaleiro Dom Quixote de La Mancha

Foi quando se ouviu a voz de Dom Quixote dizendo:

— Aqui, aqui, valorosos cavaleiros, aqui é preciso mostrar a força dos seus fortes braços, pois os cortesãos estão levando a melhor no torneio!

Para acudir ao fidalgo, que havia acordado, interrompeu-se a revista dos livros, e assim parece que foram para o fogo alguns volumes que, se tivessem passado pelas mãos do padre, talvez não recebessem sentença tão rigorosa.

Quando se aproximaram de Dom Quixote, ele já tinha se levantado da cama e prosseguia com seu falatório delirante, desferindo golpes e socos a torto e a direito. Arrastaram-no à força para a cama e trataram de acalmá-lo. Deram-lhe de comer e ele adormeceu outra vez.

O padre e o barbeiro tiveram a ideia de mandar murar e vedar o aposento dos livros para que o fidalgo, quando se levantasse, não os encontrasse. Dali a dois dias, Dom Quixote acordou e a primeira coisa que fez foi procurar por seus livros. Como não encontrava a biblioteca, andava de um lado para o outro procurando por toda a casa. Depois de um bom tempo, perguntou à governanta em que lugar da casa ficava o aposento dos seus livros. A ama, que já havia sido bem instruída pelo padre e o barbeiro, respondeu:

— Não há mais aposento nem livros nesta casa, pois o diabo em pessoa levou tudo embora.

— Não foi o diabo — disse a sobrinha —, foi um feiticeiro que disse se chamar Munhatão.

— Frestão — corrigiu Dom Quixote.

— Não sei se era Frestão ou Fritão, só sei que o seu nome acabava em "ão" — disse a governanta.

— Sem dúvida — disse o fidalgo —, esse é um sábio feiticeiro, meu grande inimigo, que me tem ojeriza porque sabe, por suas artes de encantador, que, no futuro, eu irei pelejar com um cavaleiro, seu protegido. Por isso ele tenta me causar todo tipo de dificuldade, mas não adianta, porque o que foi escrito pelo céu não se pode evitar.

Dom Quixote descansou durante duas semanas, até que mandou chamar um lavrador gorducho, seu vizinho, homem de bem, mas com pouco sal na moleira. Foram tantas as promessas, que o pobre homem foi rapidamente persuadido. Disse-lhe Dom Quixote, entre outras coisas, que havia a possibilidade de, em consequência das aventuras e dos feitos gloriosos, ganhar uma ilha, da qual o homem se tornaria governador. Com essa promessa, Sancho Pança (assim se chamava o lavrador) deixou mulher e filhos e se tornou escudeiro do seu vizinho.

Em seguida, Dom Quixote tratou de conseguir dinheiro vendendo alguns bens e penhorando outros. Pediu um escudo emprestado a um amigo, consertou a lança quebrada e avisou seu escudeiro do dia e da hora em que pensava partir, encarregando--o de preparar os alforjes com mantimentos. O outro concordou e disse que levaria também um asno muito bom que possuía, pois não estava acostumado a andar a pé. Dom Quixote hesitou um pouco, tentando lembrar-se de algum cavaleiro andante cujo escudeiro montasse um asno, mas nenhum lhe veio à memória. Mesmo assim, permitiu que o seu escudeiro o levasse, com a intenção de, mais tarde, arranjar-lhe montaria mais honrada ao tomar o cavalo do primeiro cavaleiro descortês que encontrasse. Conforme o conselho do estalajadeiro, juntou camisas e unguentos. Com tudo pronto, sem que Sancho Pança se despedisse da mulher e dos filhos, nem Dom Quixote da ama e da sobrinha, saíram da aldeia escondidos durante a noite. Caminharam até o amanhecer e se convenceram de que não seriam mais encontrados, mesmo que os procurassem.

Sancho Pança seguia sobre o seu jumento como um patriarca, sonhando em governar a ilha que seu amo lhe prometera. Disse então a Dom Quixote:

— Não se esqueça, senhor cavaleiro andante, daquela promessa da ilha, pois eu saberei governá-la muito bem, por maior que ela seja.

— Saiba, amigo Sancho Pança, que foi costume muito usado dos cavaleiros andantes antigos nomear seus escudeiros governadores das ilhas ou dos reinos que ganhavam. Eu farei o mesmo, e bem mais cedo do que faziam os antigos. É bem possível que, antes de seis dias, eu ganhe um tal reino do qual você será coroado rei.

— Então — disse Sancho Pança —, se eu for coroado rei, a minha mulher será nada menos que rainha, e os meus filhos, infantes.

— Ninguém duvida disso — disse Dom Quixote.

— Eu duvido — replicou Sancho Pança. — Isso seria demais para a minha mulher. Ela não vale tanto para ser rainha. Talvez ficasse melhor como condessa. Será melhor, meu senhor, que eu receba somente aquilo que possa carregar.

CAPÍTULO 8

Sobre a espantosa aventura dos moinhos de vento e outros acontecimentos dignos de lembrança

Foi então que avistaram trinta ou quarenta moinhos de vento espalhados pelo campo. Ao vê-los, Dom Quixote disse ao seu escudeiro:

— A sorte vai guiando nossa jornada melhor do que poderíamos imaginar. Veja, amigo Sancho Pança, ali estão trinta, ou pouco mais, desaforados gigantes, com os quais vou travar batalha e tirar de todos a vida. Com os bens que eles possuem, começaremos a enriquecer, pois é grande serviço de Deus varrer tão má semente da face da terra.

— Que gigantes? — perguntou Sancho Pança.

— Aqueles que estão ali — respondeu seu amo —, de braços enormes que chegam a ter duas léguas.

— Veja bem, meu amo, aqueles não são gigantes e sim moinhos de vento, e o que neles parecem ser braços são, na verdade, as pás dos moinhos.

— Bem se vê que não é versado em coisas de aventuras — disse Dom Quixote. — São gigantes, sim! E se estiver com medo, afaste-se e comece a rezar enquanto travo com eles uma batalha feroz e desigual.

Dizendo isso, deu de esporas em seu cavalo Rocinante e galopou em direção aos supostos gigantes.

— Não fujam, covardes e vis criaturas! — bradou Dom Quixote.

Nisso se levantou um pouco de vento, e as grandes pás começaram a girar. Dom Quixote, ao perceber o movimento, disse:

— Ainda que movam os braços enormes, não irão escapar!

Evocando a proteção de sua senhora Dulcineia, segurando o escudo e de lança em riste, Dom Quixote arremeteu a todo o galope contra um dos moinhos e bateu com a lança numa das pás, que girava com fúria, fazendo a lança em pedaços. O cavalo e o cavaleiro foram atirados ao chão e rolaram estropiados pelo campo. Sancho Pança, montado em seu asno, correu para ajudá-lo e, ao chegar, viu que Dom Quixote não podia se mexer, tamanho havia sido o tombo que ele e seu cavalo tinham levado.

— Santo Deus! — disse Sancho. — Eu não disse que eram moinhos de vento e não gigantes?

— Cale-se, amigo Sancho — respondeu Dom Quixote —, que as coisas da guerra estão sujeitas a contínuas mudanças. Foi aquele feiticeiro, Frestão, que me roubou os livros, quem transformou os gigantes em moinhos, só para me roubar a glória da vitória.

Sancho ajudou-o a se levantar e a montar outra vez em Rocinante, que também estava maltratado. Algum tempo depois, falando sobre os eventos que tinham sucedido, seguiram na direção de Porto Lápice, pois, dizia Dom Quixote, lá encontrariam muitas aventuras. O fidalgo ia pesaroso pela falta da lança e disse a seu escudeiro:

— Eu li que um cavaleiro espanhol, tendo perdido a lança numa batalha, arrancou de um carvalho um pesado tronco e com ele derrotou muitos mouros. Digo essas coisas porque, do primeiro carvalho que encontrar, arrancarei um tronco tão grande e bom como aquele e realizarei as mesmas façanhas. Você deveria se sentir um afortunado por testemunhar essas coisas em que mal se pode acreditar.

— Seja o que Deus quiser — disse Sancho. — Eu acredito em tudo o que o senhor me diz. Mas endireite-se um pouco, pois parece estar de lado na sela, talvez por causa da pancada do tombo.

— É verdade — respondeu Dom Quixote —, e, se não me queixo da dor, é porque não é dado aos cavaleiros andantes se queixar de ferimento algum, ainda que por ele escapem-lhes as tripas.

— Quanto a mim — disse Sancho —, vou me queixar da menor dor que sinta, se é que vale também para os escudeiros essa lei de não se queixar.

Dom Quixote riu da simplicidade de seu escudeiro e disse que ele podia se queixar como e quando quisesse, pois nunca lera nada em contrário nos livros de cavalaria.

Eles passaram a noite em um bosque. Dom Quixote arrancou um galho seco de uma árvore e nele encaixou a ponta da lança que se quebrara no impacto com o moinho. Passou a noite sem dormir pensando em sua senhora Dulcineia, a fim de imitar o que lera em seus livros, quando os cavaleiros passavam muitas noites sem dormir entretidos com as lembranças de suas senhoras. Bem diferente foi a noite de Sancho Pança, que a varou de uma ponta a outra num sono só e não teria forças para acordar se o seu amo não o chamasse. Dom Quixote não quis comer pela manhã, porque, como já foi dito, deu de se alimentar com suas saborosas memórias. Retomaram o caminho para Porto Lápice e, por volta das três da tarde, avistaram o seu destino. Disse Dom Quixote:

— Aqui, irmão Sancho Pança, encontraremos aventuras extraordinárias. Mesmo que você me veja nos maiores perigos do mundo, jamais erga a espada para me defender contra outros cavaleiros, pois isso contraria as leis da cavalaria.

— Nisso será muito bem obedecido — disse Sancho —, já que sou pacífico e evito me envolver em confusões e brigas, a não ser que seja para defender a minha pessoa.

Nesse momento, apareceram pela estrada dois frades da ordem de São Bento montados em duas mulas. Atrás deles vinha uma carruagem guardada por quatro ou cinco homens a cavalo e dois tropeiros a pé. Vinha na carruagem, como se soube depois, uma senhora de Biscaia que ia para Sevilha, onde estava seu marido. Os frades não acompanhavam a carruagem, embora seguissem o mesmo caminho. Quando os avistou, disse Dom Quixote:

— Ou muito me engano ou teremos a mais famosa aventura que jamais se viu, pois aqueles vultos negros devem ser feiticeiros levando naquela carruagem alguma princesa raptada.

— Isso vai ser pior do que os moinhos de vento — disse Sancho. — Veja, senhor, aqueles são frades de São Bento, e a carruagem deve ser de alguma gente passageira.

— Eu já disse, Sancho, que você não entende nada de aventuras. O que digo é verdade, e vou provar!

Dizendo isso, Dom Quixote parou no meio do caminho por onde vinham os frades e disse em voz alta:

— Gente endiabrada e descomunal! Libertem as altas princesas que levam à força nessa carruagem ou terão a morte como justo castigo.

Os frades detiveram suas mulas e, espantados com a figura de Dom Quixote, responderam:

— Senhor cavaleiro, não somos endiabrados nem descomunais, e sim dois religiosos beneditinos seguindo o nosso caminho. Não sabemos se nessa carruagem vem ou não qualquer princesa raptada.

— Comigo não valem palavras mansas, pois já conheço as suas artimanhas, gente canalha!

Sem esperar nova resposta, Dom Quixote esporou Rocinante e avançou, de lança baixa, contra o primeiro frade, que, se não tivesse se jogado da mula, teria partido dessa para melhor. O segundo frade, ao ver incrédulo o que se passava com seu companheiro, meteu os calcanhares em sua mula e correu pela campina, mais veloz que o próprio vento.

Sancho Pança, vendo o frade no chão, saltou rapidamente de seu asno, aproximou-se do religioso e começou a tirar-lhe o hábito que vestia. Os tropeiros lhe perguntaram por que ele despia o frade, e Sancho lhes respondeu que aquilo eram os despojos que lhe cabiam da batalha vencida por seu amo. Os tropeiros, que não estavam para brincadeiras nem entendiam aquela história de despojos e batalhas, caíram de pancadas sobre Sancho e tanto bateram nele, que o deixaram atordoado no chão. Num piscar de olhos, o frade tornou a montar e picou a mula, tremendo de medo e sem cores no rosto.

Enquanto isso, Dom Quixote falava com a senhora da carruagem, dizendo-lhe:

— O meu forte braço derrotou a soberba dos seus sequestradores, formosa senhora. E para que não tenha trabalho em descobrir o nome de seu libertador, saiba que me chamo Dom Quixote de La Mancha, cavaleiro andante e aventureiro. Em troca do bem que fiz, peço que volte para El Toboso e diga para minha bela e incomparável Dulcineia d'El Toboso o feito que realizei em nome da sua liberdade.

Um escudeiro biscainho, daqueles que guardavam a carruagem da senhora, vendo que Dom Quixote não liberava a estrada e ouvindo o pedido de que se desviassem para El Toboso, foi até ele, apanhou a lança das mãos de Dom Quixote e disse:

— Se não nos deixar seguir nosso caminho, juro pelo Deus que me criou que darei fim a sua vida agora mesmo!

Dom Quixote lhe respondeu com muita calma:

— Se você não fosse um simples escudeiro, eu já teria castigado o seu atrevimento, criatura desprezível. A sua sorte é que não posso descer da minha dignidade de cavaleiro!

— Pois vai descer a pancadas!

O escudeiro ergueu sua espada e, como estava próximo da carruagem, apanhou uma almofada e a improvisou como escudo. Dom Quixote também empunhou a sua espada, agarrou o seu escudo e avançou contra o biscainho com a determinação de lhe tirar a vida. O biscainho acertou um golpe tão brutal no ombro de Dom Quixote que quase lhe desmanchou a armadura. A senhora da carruagem rezava a todos os santos da Espanha para que seu escudeiro e ela própria escapassem daquele grande perigo em que se achavam. Dom Quixote, irritado pelo golpe que havia sofrido, disse em voz alta:

— Oh, Dulcineia, senhora da minha alma! Ajude este seu cavaleiro que, em nome da sua bondade, encontra-se nesta rigorosa batalha!

Ao dizer isso, Dom Quixote avançou outra vez, com a espada em punho, contra o escudeiro. O biscainho o aguardava com a espada erguida e coberto pela almofada. Todos ao redor prenderam a respiração e assistiam temerosos ao combate. Mas o problema é que, nesse ponto, o narrador da história interrompeu a narrativa afirmando não ter encontrado mais nada escrito sobre as façanhas de Dom Quixote. O segundo autor desta história, porém, negou-se a acreditar que as peripécias do famoso cavaleiro estivessem destinadas ao esquecimento. Assim, sem se desesperar, e com a ajuda da sorte, ele achou o fim destas aventuras, como se contará a seguir.

CAPÍTULO 9

Em que se conclui a estupenda batalha entre o escudeiro biscainho e o valente cavaleiro

Deixamos, no capítulo anterior, o escudeiro biscainho e o famoso Dom Quixote de espadas erguidas, prestes a desfecharem dois golpes enraivecidos. Foi nesse ponto que se deteve o narrador de nossa saborosa história, sem informar onde se poderia encontrar a parte que faltava.

Isso me causou grande pesar, pois me parecia impossível que a tão bom cavaleiro tivesse faltado algum sábio que tomasse para si a tarefa de escrever suas incríveis façanhas. Afinal, era comum aos cavaleiros andantes que tivessem um ou dois sábios que registrassem para a eternidade os seus pensamentos e conquistas. Empenhei-me, com trabalho e diligência, em buscar o final desta história, e não foi sem a ajuda da sorte que o achado aconteceu.

Estava eu um dia no mercado de Alcaná de Toledo quando vi um rapaz vendendo cadernos e papéis velhos a um mercador de seda. Como possuo o hábito de ler tudo, até os papéis amassados das ruas, peguei um dos cadernos que o rapaz vendia e notei nele uma escrita em caracteres arábicos. Como não sei ler árabe, procurei por ali um mouro que pudesse me ajudar. Ele abriu o caderno, leu um trecho e começou a rir. Perguntei-lhe do que estava rindo, e ele me disse que à margem de uma das páginas estava escrito: "Essa Dulcineia d'El Toboso, tantas vezes referida nesta história, dizem que tinha a melhor mão para salgar porcos do que qualquer mulher em toda La Mancha".

Quando ouvi o nome de Dulcineia d'El Toboso, logo compreendi que aqueles cadernos continham a história de Dom Quixote. Em seguida, pedi ao mouro que lesse o início, e ele leu: "História de Dom Quixote de La Mancha, escrita por Cide Hamete Benengeli, historiador árabe". Disfarçando o meu contentamento para que não me cobrasse os olhos da cara, comprei todos os cadernos do rapaz. Pedi ao mouro que me acompanhasse e negociei com ele um preço para a tradução de toda a história. Em pouco mais de um mês e meio ele terminou o trabalho, que ficou como aqui segue escrito e que começava desta maneira:

Os combatentes enfurecidos partiram um em direção ao outro e pareciam ameaçar o céu, a terra e o abismo, tal era a bravura que demonstravam. O raivoso escudeiro desferiu o primeiro golpe com a espada, uma violenta pancada contra Dom Quixote, atingindo-o no ombro esquerdo e estropiando toda essa parte da armadura, além de lhe cortar metade da orelha. O cavaleiro andante se endireitou nos estribos e, apertando ainda mais a espada em suas mãos, avançou ferido em seu orgulho e desfechou tremendo golpe na cabeça do escudeiro que ele começou a sangrar pelo nariz, pela boca e pelos ouvidos, despencando de sua mula.

Dom Quixote saltou de Rocinante e se aproximou do biscainho, apontou a espada contra os olhos do homem e ordenou que se rendesse se não quisesse ter a cabeça decepada. O escudeiro estava tão atordoado que não tinha condições de responder. Foi então que a senhora da carruagem implorou a Dom Quixote que poupasse a vida do pobre homem. Disse o fidalgo:

— Por certo, formosa senhora, com grande satisfação farei o que me pede, mas sob uma condição: que esse escudeiro vá até El Toboso e se apresente à incomparável Dulcineia, para que ela faça com ele o que bem entender.

Sem entender direito o que Dom Quixote dizia e sem perguntar quem era Dulcineia, a senhora prometeu que o escudeiro faria tudo o que ele exigia.

— Pois bem, confiando em sua palavra — disse Dom Quixote —, não lhe farei mais mal algum, embora o mereça.

CAPÍTULO 10

Em que Dom Quixote trata de sua orelha e passa a noite com os cuidadores de cabras

Sancho Pança, ainda maltratado pela surra que levara, ao ver que seu amo havia vencido a batalha, aproximou-se dele, ajoelhou-se e lhe disse:

— Rogo-lhe, meu senhor Dom Quixote, que me dê o governo da ilha que conquistou nessa terrível batalha.

Ao que Dom Quixote respondeu:

— Fique sabendo, irmão Sancho, que essa aventura e outras semelhantes não são aventuras de ilhas, e sim de encruzilhadas, nas quais não se ganha outra coisa senão a cabeça quebrada e uma orelha cortada.

Dom Quixote lhe prometeu que ainda enfrentariam aventuras em que conquistariam não somente ilhas, mas muito mais. Saíram dali sem dizer mais nada às pessoas da carruagem. Depois de andarem por algum tempo, Dom Quixote em seu cavalo e Sancho em seu asno, o escudeiro disse a seu amo:

— Parece-me, senhor, que seria melhor irmos nos recolher em alguma igreja. Pode ser que a Santa Irmandade mande nos prender, pois aquele escudeiro ficou bastante ferido e causamos muita confusão.

— Cale-se — disse Dom Quixote. — Onde está escrito que algum cavaleiro andante, por mais mortes que tivesse causado, tenha sido levado à justiça?

— Eu não sei nada de homicídios — respondeu Sancho —, só sei que a Santa Irmandade tem a ver com quem briga no campo, e no resto não me meto.

— Não fique aflito, amigo — disse Dom Quixote —, pois eu saberei nos livrar das mãos da Irmandade. Mas me diga, já viu em alguma destas terras cavaleiro andante mais valoroso do que eu? Leu em alguma história que outro tenha tido mais coragem, mais destreza, mais audácia?

— Na verdade — respondeu o escudeiro —, nunca li história alguma, pois não sei ler nem escrever, mas aposto que nunca servi a um amo mais atrevido do que o senhor.

Sancho Pança estava preocupado com a orelha de Dom Quixote, pois este perdia muito sangue, e Sancho trazia nos alforjes uns chumaços e um pouco de unguento. O fidalgo afirmou que todos esses cuidados seriam desnecessários se ele tivesse se lembrado de trazer ao menos um pouco do bálsamo de Ferrabrás.

— E que bálsamo é esse? — perguntou Sancho.

— É um bálsamo cuja receita eu sei de cor — respondeu Dom Quixote. — Com apenas uma gota dele não é preciso temer a morte, pois é capaz de curar qualquer doença ou ferida.

— Se for assim — disse Sancho —, eu renuncio ao governo da ilha que me prometeu e aceito a receita desse licor milagroso como pagamento dos meus bons serviços. Só preciso saber se custa muito caro para fazê-lo.

— Com quase nada se podem fazer seis litros — disse Dom Quixote.

— Minha nossa! — replicou Sancho Pança. — O que o senhor está esperando para fazê-lo e me ensinar a receita?

— Cale-se, amigo, que de mim aprenderá muitos segredos — disse Dom Quixote. — Mas agora precisamos cuidar dessa orelha, que está doendo bem mais do que eu imaginava.

Eles saltaram de suas montarias e Sancho retirou dos alforjes chumaços e unguentos para tratar da orelha de seu amo. Em seguida, apressaram-se por chegar a algum povoado, mas, como já anoitecia, decidiram passar a noite junto a umas cabanas que avistaram no caminho. As cabanas pertenciam a uns cuidadores de cabras, que os acolheram muito bem e deram-lhes de comer. Satisfeito com a refeição e com a hospitalidade dos cabreiros, disse Dom Quixote:

— Ditosos tempos aqueles que os antigos chamaram de séculos de ouro! As palavras "teu" e "meu" eram ignoradas, e todas as coisas pertenciam a todos. As fontes e os rios, em magnífica abundância, ofereciam águas saborosas e transparentes. Os frutos despencavam doces e frescos dos galhos. Tudo era paz e amizade! Não existia a fraude, o engano e o egoísmo. E agora, nestes nossos séculos detestáveis, crescem a malícia e a fraude! Por isso foi criada a ordem dos cavaleiros andantes, para defender as donzelas, amparar as viúvas e socorrer os órfãos e os necessitados. Dessa ordem sou eu, irmãos cabreiros, a quem agradeço o bom acolhimento que deram a mim e ao meu escudeiro.

Os cabreiros escutaram admirados e em silêncio todo o falatório de Dom Quixote. Ao fim do discurso, um dos cabreiros lhe disse:

— Para provar a nossa boa vontade, senhor cavaleiro andante, queremos oferecer-lhe um momento de distração fazendo com que cante um companheiro nosso, músico muito hábil e apaixonado.

Assim, sem demora, um rapaz sentou-se no tronco de um carvalho e, com muita graça, cantou uma canção de amor. Dom Quixote lhe pediu que cantasse algo mais, mas Sancho, que estava mais para dormir do que para ouvir canções, disse a seu amo que era melhor se acomodarem para repousar, pois o trabalho daqueles homens não permitia que eles passassem as noites cantando. Dom Quixote concordou, mas pediu que Sancho, antes de dormir, voltasse a tratar de sua orelha, que doía além da conta. Um dos cabreiros, ao ver o ferimento, disse a Dom Quixote que não se afligisse; apanhou algumas folhas de alecrim, mastigou-as, misturou-as com sal e aplicou-as na orelha decepada do cavaleiro, afirmando que nenhum outro remédio seria necessário. E assim foi verdade.

CAPÍTULO II

Sobre a história da pastora Marcela

Quando todos se preparavam para dormir, chegou da aldeia próxima um rapaz que costumava levar mantimentos até as cabanas dos cabreiros.

— Vocês sabem o que aconteceu lá na aldeia, companheiros? — perguntou o rapaz.

— E como poderíamos saber? — respondeu um dos cabreiros.

— Pois fiquem sabendo — disse o rapaz — que morreu esta manhã aquele famoso pastor estudante chamado Grisóstomo, e dizem que foi de amores por aquela moça, a bela Marcela, que anda por aí vestida de pastora.

— Morreu de amor por Marcela? — perguntou surpreendido um dos cabreiros.

— Foi o que eu disse! — respondeu o moço. — E o melhor é que ele mandou, no testamento, que o enterrassem ao pé de uma montanha, no exato lugar em que ele viu Marcela pela primeira vez. Os padres do lugar dizem que não vão cumprir o desejo do finado, pois parece coisa de pagão. No entanto, aquele grande amigo dele, Ambrósio, disse que tudo deverá ser feito conforme a vontade de Grisóstomo. Amanhã, todos os pastores amigos do finado virão para enterrá-lo ao pé da montanha. Eu não perderei essa cerimônia por nada!

— Nenhum de nós! — disse um dos cabreiros chamado Pedro. — Devemos tirar na sorte para ver quem ficará guardando as cabras enquanto os outros irão para o enterro.

— A sua ideia é boa, Pedro — disse outro cabreiro —, mas não é necessário que tirem na sorte, pois eu ficarei aqui para cuidar das cabras. E não será por virtude ou falta de curiosidade, mas porque, outro dia, um galho afiado me furou o pé e estou com dificuldade para caminhar.

— Nesse caso, tudo resolvido — disse Pedro.

Dom Quixote, que escutara com atenção toda aquela conversa, pediu a Pedro que lhe dissesse quem era o morto. Pedro respondeu ao fidalgo:

— Grisóstomo era filho de um homem muito rico, que vivia em grandes terras próximas da nossa aldeia. O rapaz passou alguns anos estudando em Salamanca e, quando voltou, ganhou fama de ser muito sábio. Diziam que ele sabia a ciência das estrelas, do sol e da lua, pois ele sempre acertava quando iriam acontecer as crises do sol e da lua.

— É eclipse que se diz, meu amigo, e não crise — disse Dom Quixote.

Pedro não se importou com a observação de Dom Quixote e continuou:

— Alguns meses depois de chegar de Salamanca, ele apareceu vestido de pastor e empunhando um cajado. A mesma coisa fez o seu grande amigo, Ambrósio, que havia sido seu parceiro de estudos. Além disso, Grisóstomo foi também um grande compositor de cantigas. Quando as pessoas viram os dois jovens vestidos de pastores, ficaram surpresas e não podiam adivinhar a causa daquela transformação. Naquele tempo, o pai de Grisóstomo já havia morrido e deixara uma grande herança para o filho, que tudo merecia, pois era um rapaz caridoso e um bom companheiro. Depois, todos ficaram sabendo que a causa da mudança dos trajes fora a pastora Marcela, por quem Grisóstomo estava apaixonado.

— E quem é essa pastora Marcela? — quis saber Dom Quixote.

— Eu vou dizer! E saiba que o senhor nunca escutará semelhante coisa em toda a sua vida — disse Pedro. — Em nossa aldeia havia um lavrador chamado Guilhermo, ainda mais rico que o pai de Grisóstomo, cuja mulher, a mais honesta que existiu nesta região, morreu ao dar à luz a filha, Marcela. Guilhermo não suportou a morte da mulher e faleceu em seguida, deixando a filha Marcela, moça e rica, aos cuidados de um tio, sacerdote de nossa aldeia. A menina cresceu com tanta beleza que lembrava a mãe, que havia sido muito bela. Com o tempo, entretanto, a beleza de Marcela ultrapassou a da mãe, e ninguém a olhava sem dar graças aos céus por tão formosa criatura. A fama de sua beleza correu de tal maneira que surgiam pretendentes de todos os povoados da região. Mas o tio, como bom cristão, não queria arranjar o casamento sem o consentimento de Marcela. Assim, por mais que o tio lhe apresentasse os mais diversos pretendentes, ela sempre respondia que ainda não estava pronta para o matrimônio. O tio, que não queria ir contra a vontade da sobrinha, decidiu esperar que ela escolhesse o pretendente de seu agrado. Aconteceu que, de um dia para o outro, Marcela apareceu vestida de pastora. Sem escutar o que o tio e todos do povoado lhe diziam, ela saiu ao campo para cuidar de seu próprio rebanho. Quando Marcela esbanjou a sua beleza livremente, muitos jovens ricos, fidalgos e lavradores também se fizeram pastores e passaram a andar pelos campos a segui-la. Um desses era Grisóstomo, que a adorava.

— E alguém conseguiu conquistá-la? — perguntou Sancho.

— Nenhum deles conquistou a mínima esperança de alcançar o seu desejo — respondeu Pedro. — Ainda que Marcela trate os pastores amigavelmente, quando eles lhe revelam sua intenção, ela os põe para correr num piscar de olhos. Então, desesperados, os pastores vagam por estas serras e vales ressoando seus lamentos desenganados. Todos que conhecemos Marcela esperamos para ver quem domará tão imensa formosura. Dessa forma, eu aconselho ao senhor que não deixe de comparecer ao enterro, pois o lugar não fica muito distante daqui.

— Eu agradeço o gosto com que me contou tão saboroso conto — disse Dom Quixote.

— Oh! — replicou o cabreiro. — Ainda não sei nem metade dos casos envolvendo os apaixonados por Marcela, mas pode ser que amanhã encontremos no caminho algum pastor que nos conte mais. Agora, seria melhor que o senhor se recolhesse sob algum teto, pois o sereno pode fazer mal à ferida em sua orelha.

Sancho Pança, que já não aguentava mais o falatório do cabreiro, pediu a seu amo que dormisse na cabana de Pedro. Assim fez o fidalgo, que passou toda a noite pensando em sua senhora Dulcineia, à maneira dos amantes de Marcela.

CAPÍTULO 12

Em que se conta o famoso enterro de Grisóstomo e tem fim a história da pastora Marcela

O dia estava amanhecendo quando cinco dos seis cabreiros se levantaram e foram despertar Dom Quixote e lhe perguntar se ele ainda tinha a intenção de comparecer ao famoso enterro de Grisóstomo. Dom Quixote se levantou rapidamente e mandou que Sancho preparasse as montarias. Em pouco tempo, todos se puseram a caminho. Eles não tinham andado muito quando, ao cruzar uma pequena estrada, viram se aproximar seis pastores vestidos de preto em sinal de luto. Com eles vinham dois senhores a cavalo, vestidos elegantemente. Quando se encontraram, cumprimentaram-se educadamente e descobriram que todos se encaminhavam para o local do enterro. Assim, seguiram juntos.

Um dos homens a cavalo disse a seu companheiro:

— Parece-me, senhor Vivaldo, que o tempo que perderemos

para comparecer a esse enterro valerá muito a pena, considerando o que esses pastores nos contaram.

— Eu estou certo disso! — disse Vivaldo. — Eu não perderia apenas um dia de nossa viagem, mas quatro, se fosse preciso.

Dom Quixote perguntou-lhes o que tinham escutado sobre Marcela e Grisóstomo. O viajante de nome Vivaldo respondeu que, naquela madrugada, eles tinham se encontrado com aqueles pastores, que lhes contaram a história do pastor apaixonado pela lindíssima pastora. Eram exatamente os mesmos fatos que Pedro contara a Dom Quixote. Encerrado esse assunto, Vivaldo perguntou a Dom Quixote por que ele andava armado daquela maneira por lugares tão pacíficos. O fidalgo lhe respondeu:

— A minha louvável profissão não permite que eu ande de outra maneira! O sossego e o repouso são para os cortesãos de vontade fraca; o trabalho e as armas são para aqueles que o mundo chama de cavaleiros andantes, dos quais eu faço parte.

Ao escutar aquilo, todos tiveram Dom Quixote por louco. Vivaldo, que tinha o espírito alegre e gostava de uma gozação, e também para se distrair durante o caminho até o local do enterro, decidiu investir naquele assunto e perguntou a Dom Quixote o que significava aquilo de cavaleiros andantes.

— Vocês nunca leram as histórias da Inglaterra que contam as façanhas do Rei Artur? — replicou o fidalgo. — Nunca ouviram falar sobre o valoroso e invencível cavaleiro Dom Belianis de Grécia?

Com essa conversa eles seguiram caminho até que, num trecho da estrada entre duas altas montanhas, viram se aproximar cerca de vinte pastores, todos vestidos de preto. Seis deles carregavam uma liteira coberta de flores.

— Aqueles são os que trazem o corpo de Grisóstomo — disse um dos cabreiros. — E o pé daquela montanha é o lugar onde ele pediu que o enterrassem.

Eles se apressaram e chegaram ao local no instante em que quatro pastores de luto começavam a cavar com enxadas a sepultura. Todos se cumprimentaram cortesmente, e logo Dom Quixote e os que vinham com ele se puseram a observar a liteira. Nela estava um corpo vestido de pastor e coberto de flores, que aparentava os seus trinta anos. Em volta dele havia alguns livros e muitos papéis. Um dos pastores que haviam carregado a liteira disse:

— Veja, Ambrósio, se este é mesmo o lugar que Grisóstomo disse.

— É este mesmo — disse Ambrósio —, pois aqui muitas vezes meu infeliz amigo me contou a história de sua desventura. Foi aqui que ele viu pela primeira vez aquela inimiga mortal da linhagem humana, foi aqui que ele lhe declarou o seu amor e foi aqui a última vez que Marcela o desdenhou, pondo fim à tragédia de sua vida miserável. É aqui, pois, que ele quis que o depositassem em memória de tantas infelicidades.

Voltando-se para Dom Quixote e os viajantes, Ambrósio prosseguiu dizendo:

— Esse corpo, senhores, foi depositário de uma alma em que o céu pôs suas infinitas riquezas. Esse é o corpo de Grisóstomo, que foi único na inteligência, singular na cortesia, extremo na gentileza e fênix na amizade. Se quis bem, foi rejeitado; se adorou, foi desdenhado. Serviu à ingratidão, da qual ganhou como prêmio a morte no meio do caminho da sua vida, exterminada por uma pastora que ele procurava eternizar para que vivesse na memória das gentes, como bem poderiam mostrar esses papéis se o próprio Grisóstomo não me tivesse mandado entregá-los ao fogo.

— Não é justo nem correto que se cumpra a vontade de quem está fora de si — disse Vivaldo. — Imagine se o imperador romano Augusto, em vez de publicar a *Eneida*, tivesse mandado queimá-la, como pediu o seu autor, o divino Virgílio, em seu testamento, por julgar sua obra imperfeita! Assim, senhor Ambrósio, já que entregará o corpo de seu amigo à terra, não queira dar os seus escritos ao esquecimento. Ao contrário, dê vida a esses papéis para que a crueldade de Marcela não seja nunca esquecida.

Sem esperar que Ambrósio respondesse, Vivaldo apanhou alguns dos papéis que estavam por perto.

— Por cortesia — disse Ambrósio —, permitirei que fique com esses, senhor, mas pensar que deixarei de queimar os outros é bobagem.

Vivaldo, que desejava ver o que os papéis diziam, abriu logo um deles e viu que tinha por título "Canção Desesperada".

— Esse é o último papel que o infeliz escreveu — disse Ambrósio. — Para que o senhor conheça os motivos que o levaram à desventura, leia-o de maneira que todos possam escutá-lo.

— Com prazer — disse Vivaldo.

Vivaldo passou a ler em voz alta os versos do finado pastor. As rimas falavam de amor não correspondido e da dor da ausência. Quando terminou a leitura, Vivaldo quis ler outro papel dos que havia resgatado, mas foi interrompido por uma visão maravilhosa. Sobre a pedra que fazia sombra ao local onde cavavam a sepultura, apareceu a pastora Marcela. Era tão bela que a sua beleza superava a própria fama. Os que nunca a tinham visto olhavam-na com admiração e em silêncio, e os que já a conheciam não estavam menos encantados. Ambrósio, indignado, perguntou-lhe:

— Você veio comprovar se a sua presença fará sair sangue das feridas desse infeliz que a sua crueldade matou? Ou veio zombar do cadáver?

— Não venho, Ambrósio, por nada do que você disse — respondeu Marcela. — Eu venho para esclarecer aqueles que me culpam pela morte de Grisóstomo. Por isso peço a todos que aqui estão que ouçam as minhas palavras. O céu, como dizem, fez-me bela, de forma que muitos me amam julgando que eu seja obrigada a amá-los também. Eu entendo que tudo o que é belo seja amável, mas não entendo que, por razão de ser amado, seja obrigado a amar quem o ama. Eu acredito que o amor há de ser voluntário e não forçoso. Por que vocês querem que eu ame por força? Se o céu me tivesse feito feia, e não bela, seria justo que eu me queixasse por vocês não me amarem? Eu não escolhi a beleza que tenho. Assim como a serpente não merece ser culpada pelo veneno que possui, pois o recebeu da natureza, eu também não mereço ser culpada por ser bela. Eu nasci livre e, para poder viver livre, escolhi a solidão dos campos. As árvores destas montanhas são minha companhia; as águas claras destes riachos, meus espelhos. Com as árvores e com as águas eu troco pensamentos e belezas.

Em silêncio, todos escutavam o que Marcela dizia, e ela prosseguiu:

— Dizem que os desejos se alimentam de esperanças, pois eu nunca dei esperanças a Grisóstomo. O que o matou foi a sua teimosia e não a minha crueldade. E se alegarem que os pensamentos dele eram honestos e que por isso eu deveria correspondê-los, eu direi que, quando ele me revelou a sua intenção, eu lhe disse que a minha era viver em perpétua solidão e que somente a terra gozaria os frutos do meu recolhimento e os despojos da minha formosura. Se eu o entretivesse, seria falsa; se o contentasse, iria contra o meu propósito. Ele insistiu e se desesperou sem ser detestado. Vejam se é certo que me culpem por sua dor! Se Grisóstomo morreu por sua impaciência e desejo exagerado, por que culpam a minha honesta decisão de viver só?

Sem querer ouvir qualquer resposta, Marcela virou as costas e entrou em um bosque que havia ali perto. Todos ficaram admirados de sua inteligência e beleza. Alguns ainda demonstraram querer segui-la, feridos pela flecha dos raios de seus belos olhos. Notando isso, Dom Quixote, acreditando que era o momento de fazer uso da cavalaria e proteger uma donzela necessitada, empunhou a sua espada e disse em altas vozes:

— Que pessoa alguma se atreva a seguir a formosa Marcela, sob pena de enfrentar a minha furiosa indignação! Ela mostrou com claras e suficientes razões a pouca ou nenhuma culpa que teve na morte de Grisóstomo. Assim, em vez de ser seguida e perseguida, é justo que seja honrada e estimada por todos os bons homens do mundo.

Quer fosse pelas ameaças de Dom Quixote, ou porque Ambrósio pediu que concluíssem o funeral de seu bom amigo, nenhum dos pastores saiu dali até que terminassem a sepultura. Em seguida, em meio a muitas lágrimas, eles queimaram os papéis de Grisóstomo e enterraram o seu corpo. Depois, espalharam sobre a sepultura muitas flores e ramos e despediram-se de Ambrósio. O mesmo fizeram Vivaldo e seu companheiro. Dom Quixote se despediu dos cabreiros e dos viajantes e decidiu sair em busca da pastora Marcela para oferecer-lhe tudo o que ele podia em seu serviço. Contudo, não foi isso o que aconteceu, conforme veremos no decorrer desta verdadeira história.

CAPÍTULO 13

Sobre a desgraçada aventura com uns desalmados galegos

O sábio Cide Hamete Benengeli conta que Dom Quixote e seu escudeiro, assim que se despediram dos cabreiros, entraram em um bosque e, depois de andar mais de duas horas, chegaram a um prado cheio de grama fresca, junto ao qual corria um agradável riacho. Desceram de suas montarias e deixaram o asno e Rocinante comerem à vontade o capim do campo.

Sancho não cuidou de amarrar o cavalo, pois o conhecia por ser muito manso e pouco brioso. Mas, como o diabo nem sempre dorme, por ali também pastava uma manada de éguas da Galícia que pertenciam a uns arreeiros galegos. Aconteceu que Rocinante teve o desejo de se divertir com as senhoras éguas e, assim que as farejou, saiu de seu rumo sem pedir licença ao dono, deu um trotezinho faceiro e tratou de demonstrar a elas a sua necessidade. As éguas, porém, estavam mais empenhadas em pastar do que em namorar e receberam o pobre cavalo com patadas e dentadas. Não bastasse isso, os arreeiros, vendo-o forçar as suas éguas, deram-lhe tantas bordoadas que o deixaram estropiado no chão.

Dom Quixote e Sancho, que tinham visto a surra que Rocinante levara, correram em socorro do cavalo. Disse Dom Quixote a Sancho:

— Pelo que vejo, esses não são cavaleiros, mas gente baixa. Digo isso porque você pode me ajudar a tomar a devida vingança do que foi feito a Rocinante.

— Que diabo de vingança se eles são mais de vinte, e nós apenas dois, ou quem sabe um e meio? — perguntou Sancho.

— Eu valho por cem! — afirmou Dom Quixote e, sem dizer mais nada, ergueu a espada e avançou decidido.

Sancho o seguiu. Os arreeiros, ao se verem atacados por aqueles dois homens sozinhos, armaram-se de paus e, cercando-os, bateram neles com vontade. A verdade é que, já nas primeiras pauladas, caíram os dois no chão. Os arreeiros, percebendo o estrago que haviam feito, reuniram suas éguas e seguiram seu caminho deixando os aventureiros estendidos e atordoados. O primeiro a dar por si foi Sancho Pança, que disse, com voz franzina e chorosa:

— Ai, senhor Dom Quixote!

— O que quer, irmão Sancho? — perguntou Dom Quixote, com o mesmo tom infeliz e queixoso na voz.

— Eu gostaria, se possível — respondeu Sancho —, que o senhor me desse dois goles daquela bebida do feio Brás.

— Se eu a tivesse, ai de mim, não faltaria mais nada! — disse Dom Quixote. — Mas juro, Sancho, palavra de cavaleiro andante, que em menos de dois dias, se a sorte não mandar outra coisa, hei de tê-la em meu poder.

— E em quantos dias o senhor acredita que poderemos caminhar novamente? — perguntou Sancho.

— Falando por mim — disse o cavaleiro moído de pancada —, não faço a menor ideia. Mas a culpa toda foi minha, pois não deveria ter erguido a espada contra homens que não foram armados cavaleiros como eu. Assim, por ter quebrado as leis da cavalaria, o deus das batalhas permitiu que eu tivesse esse castigo. Por isso, Sancho Pança, a partir de agora, sempre que algum canalha nos ofender, é você que deve repreendê-lo com a sua espada.

Sancho não considerou a decisão de seu amo uma grande ideia e lhe disse:

— Senhor, eu sou homem manso e sossegado e sei sofrer calado qualquer injúria, pois tenho mulher e filhos para criar. Fique o senhor também avisado que, de maneira alguma, vou erguer espada contra vilão ou cavaleiro, alto ou baixo, rico ou pobre, não importa o quanto me ofendam.

— Se a dor nas minhas costelas diminuísse um pouco, Sancho, eu lhe mostraria como está errado — disse Dom Quixote. — Mas escute, pecador, quando eu torná-lo governador da ilha que lhe prometi em pagamento, será preciso defendê-la em qualquer acontecimento.

— Juro, senhor, que no momento estou mais para remédios do que para conversas — disse Sancho. — Precisamos ajudar Rocinante, ainda que ele não mereça, pois foi ele a principal causa dessa surra que levamos.

E soltando trinta ais, sessenta suspiros e cento e vinte xingamentos contra quem ali o levara, Sancho se levantou, ficando torto feito um arco no meio do caminho, sem conseguir se endireitar completamente. Em seguida, arreou seu asno e levantou Rocinante, que, se tivesse língua para se queixar, praguejaria mais do que Sancho e seu amo juntos. O escudeiro colocou Dom Quixote sobre o asno e saiu puxando os animais pelos cabrestos.

Não tinham andado nem uma légua quando se depararam com uma estalagem, sobre a qual Dom Quixote afirmou, para desgosto do escudeiro, tratar-se de um castelo. Sancho tentou dissuadi-lo, mas o fidalgo insistia que era um castelo, e tanto durou o debate que, sem concluí-lo, chegaram à estalagem, onde Sancho entrou sem mais discussões.

CAPÍTULO 14

Sobre o que aconteceu ao engenhoso fidalgo na estalagem que ele imaginava ser um castelo

O estalajadeiro, ao ver Dom Quixote atravessado sobre o asno, perguntou a Sancho Pança o que havia acontecido. Sancho lhe respondeu que não era nada, apenas algumas costelas quebradas depois de um tombo em um morro. A mulher do estalajadeiro, pessoa caridosa e que se condoía da calamidade de seus semelhantes, veio logo ajudar Dom Quixote com o auxílio da filha, uma jovem donzela de muito boa aparência.

Na estalagem também trabalhava uma moça asturiana, de cara larga, pescoço curto, nariz achatado, torta de um olho e não muito bem do outro. O fato é que as formas de seu corpo superavam as demais falhas: não tinha sete palmos dos pés à cabeça, e as costas, um tanto encurvadas, faziam com que olhasse para o chão mais do que gostaria. Pois essa moça gentil, chamada Maritornes, ajudou a donzela, e as duas prepararam uma desconfortável cama para Dom Quixote num lugar que dava indícios de noutros tempos ter servido de palheiro. Ali dormia também um arreeiro, cuja cama, colocada um pouco além da do fidalgo, era bem melhor que a dele, feita de apenas quatro tábuas sobre dois bancos desiguais, um colchão fino e cheio de pelotas e dois lençóis.

Nessa maldita cama se deitou Dom Quixote, e logo a estalajadeira e a filha o emplastaram de cima a baixo, iluminadas por Maritornes. A estalajadeira, vendo tantas manchas roxas espalhadas pelo corpo do fidalgo, disse que aquilo mais parecia obra de pancadas que de quedas.

— Não foram pancadas — disse Sancho —, acontece que o morro tinha muitas pedras pontudas, fazendo cada uma a sua mancha roxa. Aliás, senhora, se sobrar algum curativo, não vai faltar quem dele precise, pois eu também tenho aqui um pouco de dor nas costas.

— Então você também caiu? — perguntou a estalajadeira.

— Não — disse Sancho —, mas, do nervoso que passei ao ver meu amo cair, o meu corpo dói como se tivesse levado mil bordoadas.

— Como se chama esse cavaleiro? — perguntou Maritornes.

— Dom Quixote de La Mancha — respondeu Sancho —, um cavaleiro aventureiro dos melhores que já houve no mundo.

— O que é um cavaleiro aventureiro? — quis saber Maritornes.

— Um cavaleiro aventureiro é um sujeito que, de uma hora para a outra, pode ser espancado ou tornar-se imperador. Hoje é a mais desgraçada e necessitada criatura do mundo, amanhã terá duas ou três coroas de reinos para dar a seu escudeiro.

— E como você, sendo o escudeiro de tão nobre cavaleiro, ainda não possui, ao que parece, nenhum reino? — perguntou a estalajadeira.

— Ainda é cedo — respondeu Sancho —, pois não faz nem um mês que andamos em busca de aventuras.

Dom Quixote escutava a conversa com atenção e, sentando--se na cama como pôde, tomou a mão da estalajadeira e lhe disse:

— Acredite, formosa senhora, que pode considerar-se venturosa por ter alojado neste seu castelo a minha pessoa, porque, se não digo mais de mim, é em atenção ao ditado que diz que elogio em boca própria é insulto. Mas o meu escudeiro lhe dirá quem sou. Eu levarei eternamente escrito na memória o serviço que me tem prestado, para que possa agradecer enquanto a vida me durar.

As mulheres estavam confusas ouvindo as palavras do cavaleiro andante, pois a elas parecia que ele falava grego. Ainda assim, perceberam que o fidalgo dizia cortesias e amabilidades, agradeceram admiradas e se foram.

A asturiana Maritornes havia combinado com o arreeiro que, naquela noite, depois que todos pegassem no sono, ela iria para a cama dele a fim de satisfazer os seus desejos. Aliás, conta-se que essa moça costumava fazer a outros hóspedes esse tipo de promessa e sempre as cumpria. No entanto, a dura e estreita cama de Dom Quixote estava logo à entrada do aposento e, ao lado de seu amo, Sancho Pança havia estendido a sua esteira. Portanto, para alcançar a cama do arreeiro, era preciso passar antes pelo fidalgo e seu escudeiro.

Sancho estava deitado e, por mais que tentasse, não conseguia dormir, impedido pela dor em suas costelas. Dom Quixote, também sofrendo a sua dor, tinha os olhos arregalados como uma lebre. Toda a estalagem estava em silêncio, e, às escuras e nesse clima, os pensamentos do fidalgo trouxeram à sua imaginação uma das mais estranhas loucuras que se podem imaginar. Ele fantasiou que estava em um castelo e que a filha do estalajadeiro era, na verdade, a filha do senhor do castelo, a qual dele se enamorara e, naquela noite, às escondidas dos pais, viria se deitar com ele. Acreditando firmemente nesse devaneio, Dom Quixote prometeu de todo o coração não cometer nenhuma traição contra a sua senhora Dulcineia d'El Toboso.

Enquanto se ocupava com esses disparates, a asturiana, descalça e de camisola, entrou cuidadosamente no aposento à procura do arreeiro. Dom Quixote, assim que a ouviu, sentou-se na cama e, apesar dos emplastros e da dor nas costelas, estendeu os braços para receber sua formosa donzela. Maritornes, que seguia quieta e com as mãos estendidas em busca de seu amante, encontrou os braços de Dom Quixote, que a segurou pelo pulso fazendo com que se sentasse na cama. Assim, o fidalgo lhe disse, em voz baixa e amorosa:

— Quisera eu, formosa e digna senhora, achar-me em condições de poder retribuir à altura o favor que me faz ao oferecer-me a visão de sua grande beleza, mas quis o destino colocar-me neste leito, onde estou tão moído e alquebrado, que seria impossível satisfazer-lhe a vontade. Além do mais, devo fidelidade à incomparável Dulcineia d'El Toboso, a única senhora dos meus mais escondidos pensamentos. Não fosse isso, eu não seria tão palerma para deixar passar em branco a feliz ocasião que sua bondade me proporciona.

Maritornes estava suando de aflição por não conseguir se livrar dos braços de Dom Quixote e por não entender o que ele lhe dizia. O arreeiro ficou escutando tudo atentamente e, em silêncio, aproximou-se da cama do fidalgo. Ao ver que a moça tentava se libertar e que Dom Quixote a segurava, não pensou duas vezes e descarregou um tremendo golpe sobre o magro queixo do enamorado cavaleiro que lhe banhou a boca inteira de sangue. Não contente com isso, montou sobre suas costelas e, com os pés, golpeou uma por uma. A cama, que era um tanto frágil, não suportou o avanço do arreeiro e desabou com uma grande barulheira, acordando o dono da estalagem. Ele logo imaginou se tratar de alguma estrepolia de Maritornes, pois chamou a moça em voz alta sem obter resposta.

Maritornes, medrosa e alvoroçada, sabendo que seu patrão estava a caminho, escapuliu para a cama de Sancho Pança, que então roncava, e ali se escondeu. O estalajadeiro entrou trazendo o seu candeeiro e dizendo:

— Onde você está, meretriz? Aposto que essa é mais uma das suas.

Nisso Sancho acordou e, sentindo aquele peso sobre si, pensou que estivesse tendo um pesadelo e passou a dar socos para todos os lados. Maritornes, sendo atingida por algumas pancadas, devolveu um tremendo golpe em Sancho e, assim, ergueram-se os dois e começaram a mais engraçada batalha do mundo. O arreeiro, vendo à luz do candeeiro que sua dama se envolvia em uma luta, deixou Dom Quixote e correu para ajudá-la. A mesma coisa fez o estalajadeiro, mas com a intenção de castigar sua criada. Então o arreeiro batia em Sancho, Sancho na criada, a criada nele, o estalajadeiro na criada, e todos davam seus golpes com tanta pressa que não havia trégua. Para piorar, apagou-se o candeeiro do estalajadeiro, e os combatentes, na escuridão, batiam-se sem dó, e onde punham a mão nada ficava inteiro.

Por acaso, naquela noite, dormia na estalagem um quadrilheiro da Santa Irmandade, o qual, ouvindo o estrondo provocado pela briga, entrou no aposento às escuras dizendo:

— Em nome da justiça! Parem em nome da Santa Irmandade!

O primeiro com quem topou foi Dom Quixote, que estava em sua cama desfeita, deitado de costas e sem sentidos. O quadrilheiro segurou-o pela barba e não parava de dizer:

— Pela justiça!

Vendo que aquele a quem segurava não se movia, julgou que estivesse morto e que os outros que ali estavam eram os seus assassinos. Então ele gritou:

— Fechem as portas da estalagem! Daqui ninguém sai, pois mataram um homem!

A essas palavras todos se assustaram. O estalajadeiro escapou para o seu aposento, o arreeiro foi para onde estavam seus animais, e a moça fugiu para o seu cubículo. Somente os dois desventurados, Dom Quixote e Sancho, não se moveram de onde estavam. O quadrilheiro então soltou a barba de Dom Quixote e saiu à procura de luz para poder enxergar e prender os delinquentes, mas não a encontrou, pois o estalajadeiro, ao escapar, havia cortado o pavio da lamparina que ficava no quarto. O quadrilheiro precisou usar o fogo da chaminé, onde, depois de muito trabalho, acendeu outro candeeiro.

CAPÍTULO 15

Em que continuam as aventuras que o bravo Dom Quixote e seu bom escudeiro passaram na estalagem que ele pensou ser um castelo

Dom Quixote, assim que se recuperou de seu desmaio, chamou o escudeiro:

— Sancho, amigo, está dormindo? Sancho?

— Quem me dera estar dormindo! — respondeu Sancho, muito irritado. — Parece que todos os diabos resolveram me torturar esta noite.

— Pode acreditar que foi isso mesmo — disse Dom Quixote —, pois estou certo de que este castelo é encantado. Saiba, Sancho, que o que vou dizer você deve jurar que guardará em segredo até depois da minha morte.

— Eu juro — disse Sancho. — Não direi nada até o dia de sua morte, e tomara que eu já possa contar tudo amanhã.

— Tenho sido tão mau para você, Sancho, que deseja que eu morra com tanta brevidade?

— Não é por isso — respondeu Sancho —, é porque sou inimigo de guardar segredos, pois temo que apodreçam dentro de mim.

— Seja como for — disse Dom Quixote —, confio no seu amor e na sua cortesia. Pois fique sabendo que esta noite me aconteceu uma das mais estranhas aventuras de que alguém já teve notícia. Há pouco veio até mim a filha do senhor deste castelo, que é a mais formosa donzela de grande parte da Terra. Mas, para comprovar que este castelo é encantado, enquanto eu conversava docemente com ela, veio uma mão na ponta de um braço de algum gigante descomunal e me acertou uma pancada no queixo. Em seguida, me moeu de tal maneira que estou pior do que ontem. Por isso, acredito que o tesouro de formosuras dessa donzela deve ser protegido por algum mouro encantado.

— Mas diga-me, senhor — disse Sancho —, como pode chamar de boa e rara esta aventura, tendo saído dela como saímos? De fato, para você, nem tudo foi tão ruim, pois teve nas mãos aquela incomparável formosura, como disse. Eu, por outro lado, recebi mais porretadas do que pensava levar em toda a minha vida. Pobre de mim, que não sou cavaleiro andante nem quero ser, e sempre me sobra a pior parte de todas as aventuras.

— Então você também apanhou? — perguntou Dom Quixote.

— Já lhe disse que sim, por amor dos meus filhinhos — respondeu Sancho.

— Não se preocupe, amigo — disse Dom Quixote —, que agora mesmo vou preparar o bálsamo precioso com o qual vamos nos curar num abrir e fechar de olhos.

Nisso o quadrilheiro terminou de acender o candeeiro e entrou para olhar quem ele pensava estar morto. Quando Sancho o viu entrar, vestindo camisão com um pano na cabeça e segurando o candeeiro, perguntou a seu amo:

— Senhor, não será esse o mouro encantado que volta para nos castigar?

— Não pode ser o mouro — respondeu Dom Quixote —, pois os encantados ficam invisíveis e não podemos enxergá-los.

— Mas podemos senti-los muito bem — replicou Sancho —, que o digam as minhas costas.

O quadrilheiro ficou espantado ao ver os dois ali, em conversa tão calma. Aproximou-se e perguntou a Dom Quixote:

— E então, meu bom homem, como vai?

— Se eu estivesse no seu lugar — respondeu o fidalgo —, falaria com mais respeito. Por acaso é costume nesta terra falar dessa maneira com os cavaleiros andantes, seu mal-educado?

O quadrilheiro não suportou ser tratado tão mal por um homem naquelas condições e, erguendo o candeeiro com todo o seu azeite, deu com ele na cabeça de Dom Quixote, deixando-a bastante machucada. Como tudo ficou às escuras novamente, o quadrilheiro saiu.

— Sem dúvida, senhor — disse Sancho —, esse é o mouro encantado que guarda o tesouro da donzela para outros, porque, para nós, só guarda as pancadas.

— Tem razão — disse Dom Quixote —, mas não devemos nos importar com essas coisas de encantamentos, pois, sendo invisíveis e fantásticas, nunca acharemos de quem nos vingar. Levante-se, Sancho, e vá pedir ao alcaide desta fortaleza um pouco de azeite, vinho, sal e alecrim para que eu prepare o bálsamo milagroso.

Sancho se levantou com muitas dores nos ossos e saiu, às escuras, à procura do estalajadeiro. No caminho, topou com o quadrilheiro, que estava à escuta para descobrir quem eram aquelas pessoas. Sancho lhe disse:

— Senhor, seja lá quem for, faça a gentileza de nos dar um pouco de alecrim, azeite, sal e vinho para curar um dos melhores cavaleiros andantes que há na terra. Ele se encontra na cama maltratado pelas mãos do mouro encantado que anda por esta estalagem.

Ao escutar isso, o quadrilheiro acreditou que ele fosse doido. Abriu a porta da estalagem, chamou o estalajadeiro e lhe disse o que aquele homem queria. O estalajadeiro conseguiu os ingredientes, e Sancho levou-os para Dom Quixote. O fidalgo tratou logo de preparar o bálsamo. Misturou todos os ingredientes e os cozinhou por um bom tempo até julgar que estavam no ponto. Guardou o bálsamo em um recipiente para azeites e, sobre ele, rezou mais de oitenta padre-nossos e outras tantas ave-marias, salve-rainhas e credos, acompanhando cada palavra com o sinal da cruz. Sancho, o estalajadeiro e o quadrilheiro assistiram a tudo.

Feito isso, Dom Quixote quis experimentar o precioso bálsamo, bebeu da poção e imediatamente começou a vomitar tudo o que tinha no estômago. Com as ânsias e a agitação do vômito, o fidalgo passou a transpirar copiosamente, e por isso pediu que o envolvessem no lençol e o deixassem sozinho. Ele dormiu durante três horas e, quando acordou, sentiu-se de tal maneira aliviado das dores que acreditou ter sido curado pelo bálsamo de Ferrabrás.

Sancho Pança, que também julgou ser um milagre a melhora de seu amo, pediu-lhe que lhe desse um pouco do bálsamo. Dom Quixote concordou, e, assim que Sancho o bebeu, começou a passar mal. O seu estômago parecia não ser tão delicado como o de seu amo, pois, antes de vomitar, Sancho sofreu tantas ânsias, suores e vertigens que pensou verdadeiramente ter chegado a sua hora final. Vendo-o em tal aflição, disse-lhe Dom Quixote:

— Parece-me, Sancho, que todo esse mal-estar vem do fato de você não ter sido armado cavaleiro, pois tenho para mim que só aos cavaleiros andantes o bálsamo pode curar.

— Se sabia disso, por que deixou que eu o tomasse? — perguntou Sancho.

Então o bálsamo intensificou os seus efeitos e o pobre escudeiro vomitava, suava e desmaiava, não necessariamente nessa ordem. A cena foi tão horrenda que não apenas ele, mas todos pensaram que sua vida estava mesmo no fim. O grotesco espetáculo durou quase duas horas, depois das quais Sancho ficou tão moído e esgotado que não conseguia se manter de pé.

Dom Quixote, por sua vez, sentia-se muito bem e quis partir logo em busca de novas aventuras. Ele mesmo selou Rocinante e ajudou Sancho a se vestir e a montar no asno. Montados os dois, Dom Quixote parou à porta da estalagem, apanhou uma vara de ferro que ali estava — para que lhe servisse de lança — e disse ao estalajadeiro:

— Muito grandes foram os favores, senhor cavaleiro, que recebi neste castelo. Para agradecê-los, tomarei vingança de algum vilão que lhe tenha feito alguma afronta. Vasculhe a sua memória e me diga qualquer coisa sobre quem o tenha ofendido, que eu prometo, pela ordem de cavaleiro que recebi, que vou tirar satisfação desse insulto.

O estalajadeiro, sem perder a calma, respondeu-lhe:

— Senhor cavaleiro, não tenho necessidade de que me vingue de nenhuma afronta, pois eu sei me vingar quando me ofendem. Basta que me pague as suas despesas na estalagem.

— Então isto é uma estalagem? — perguntou Dom Quixote.

— E muito honrada — respondeu o estalajadeiro.

— Estive enganado até agora — disse Dom Quixote —, pois pensei que fosse um castelo. Mas, se não é castelo, e sim estalagem, o que se pode fazer é o senhor perdoar o pagamento, pois não posso contrariar a ordem dos cavaleiros andantes, que jamais pagaram pousada ou qualquer outra coisa em estalagem, e nunca li nada em contrário. Os cavaleiros, devido aos sofrimentos que padecem, buscando aventuras noite e dia, merecem ser bem acolhidos e respeitados.

— E o que eu tenho a ver com isso? — perguntou o estalajadeiro. — Deixemos os contos de cavalarias, que eu não me importo com outra coisa a não ser receber o que me deve.

— O senhor é um parvo e mau hospedeiro — retrucou Dom Quixote, dando de pernas em Rocinante e saindo da estalagem sem olhar se seu escudeiro o seguia.

O estalajadeiro, ao vê-lo partir sem pagar, foi cobrar as despesas de Sancho Pança, o qual lhe respondeu que, como o seu senhor não quisera pagar, tampouco ele pagaria, pois, sendo escudeiro de cavaleiro andante, a mesma regra valia tanto para ele como para seu amo. Para azar de Sancho, porém, estavam na estalagem quatro tosquiadores de Segóvia, três agulheiros de Potro de Córdova e dois vizinhos de Feria de Sevilha, todos maliciosos e brincalhões, que obrigaram Sancho a descer do asno. Trouxeram uma manta, deitaram Sancho sobre ela e começaram a jogar o escudeiro para o alto, brincando com ele como fazem com os cães no carnaval.

Os gritos de Sancho chegaram aos ouvidos de seu amo, que voltou rapidamente à estalagem, certo de que uma nova aventura o aguardava. O portão estava fechado, e o fidalgo parou junto ao muro do pátio. Ao ver Sancho subir e descer pelo ar com tanta graça, acima do muro, Dom Quixote só não caiu na gargalhada porque a cólera e a indignação foram maiores. O cavaleiro tentou subir do cavalo ao muro, mas não conseguiu, e passou a dizer injúrias e impropérios aos que zombavam de Sancho. Os brincalhões, sem dar a mínima para os xingamentos de Dom Quixote e os gemidos de Sancho, só pararam quando se cansaram da pilhéria. Mandaram trazer o asno e fizeram Sancho montar nele.

Maritornes, ao ver o escudeiro tão humilhado, achou por bem oferecer-lhe um copo d'água, mas Dom Quixote gritou:

— Sancho, filho, não beba essa água. Ela vai matá-lo! Eu tenho aqui o santo bálsamo! Com duas gotas dele você estará curado.

— Por acaso o senhor esqueceu que não sou cavaleiro ou deseja que eu acabe de vomitar as entranhas que sobraram de ontem? — retrucou Sancho. — Guarde seu licor com todos os diabos e me deixe em paz!

Sancho pediu a Maritornes que lhe trouxesse vinho em vez de água, bebeu-o, deu meia volta com seu asno e, ao abrirem o portão da estalagem, saiu de lá muito contente por não ter pagado nada, ainda que à custa do seu fiador habitual, isto é, o seu próprio lombo. A verdade é que o estalajadeiro ficou com os alforjes de Sancho como pagamento pelo que lhe deviam, mas o escudeiro nem percebeu, tão atordoado estava.

CAPÍTULO 16

Em que o fidalgo enfrenta um rebanho de ovelhas

Sancho Pança, ao se aproximar de seu amo, estava tão murcho e alquebrado, que não conseguia conduzir direito o seu asno. Ao vê-lo naquele estado, Dom Quixote lhe disse:

— Agora entendo, meu bom Sancho, que aquele castelo, ou estalagem, era sem dúvida encantado, pois que outra coisa podiam ser aqueles seres atrozes senão fantasmas e seres de outro mundo? E por isso não pude apear de Rocinante e subir no muro, porque devem ter me encantado também! Ah, se eu tivesse conseguido subir, teria me vingado de tal maneira que aqueles patifes se lembrariam de mim para sempre, ainda que isso contrariasse as leis da cavalaria, pois, como já disse, cavaleiros não podem erguer a espada contra quem não o seja, a não ser em defesa de sua própria vida ou em caso de grande necessidade.

— Eu também me vingaria se pudesse, fosse ou não armado

cavaleiro — disse Sancho —, mas acredito que aqueles que zombaram de mim não eram fantasmas nem homens encantados, e sim homens de carne e osso, como nós. E o fato de o senhor não conseguir subir no muro se deu por qualquer outro motivo, menos por encantamento. A lição que tiro de tudo isso é que essas aventuras só têm trazido desgraças e que, por isso, o melhor seria voltarmos para casa e cuidarmos de nossa fazenda, pois agora é tempo de colheita.

— Vejo que não conhece nada da dificuldade da cavalaria! — disse Dom Quixote. — Cale-se e tenha paciência, pois chegará o dia em que verá com os próprios olhos a grande honra que é exercer essa profissão. Existe prazer maior do que vencer uma batalha e triunfar do inimigo?

— Isso deve ser verdade — disse Sancho —, mas só sei que, desde que o senhor é cavaleiro andante, nunca ganhamos nenhuma batalha, a não ser contra o biscainho, e mesmo daquela o senhor saiu com meia orelha a menos. De lá para cá foi só pancada atrás de pancada, bordoada atrás de bordoada, e tudo pelas mãos de seres encantados dos quais não posso me vingar para sentir o gosto de vencer o inimigo.

— Tem razão, Sancho — disse Dom Quixote. — Daqui em diante procurarei ter à mão alguma espada imune a qualquer tipo de encantamento. Quem sabe a sorte me envie a espada de Amadis, quando foi chamado o Cavaleiro da Ardente Espada, a melhor espada que um cavaleiro já teve no mundo!

— Eu sou tão sortudo — disse Sancho —, que quando o senhor encontrar essa tal espada, ela só servirá aos que foram armados cavaleiros, como o bálsamo. Os escudeiros que se danem!

Estavam nesse ponto da conversa quando Dom Quixote viu que pela estrada vinha uma grande e espessa nuvem de poeira. Ele disse para Sancho:

— Este é o dia que a sorte me reservou! Este é o dia em que se mostrará, como em nenhum outro, o valor do meu braço. Farei obras que ficarão escritas no livro da fama por todos os séculos futuros! Vê aquela poeira que ali se levanta, Sancho? Pois toda ela é formada por um grande exército que por ali vem marchando.

— Se for assim, devem ser dois exércitos — disse Sancho —, pois do lado contrário se levanta outra nuvem de poeira.

Dom Quixote voltou-se e viu que era verdade. Alegrando-se, pensou sem dúvida alguma que eram dois exércitos que vinham se enfrentar naquela espaçosa planície. Na verdade, as nuvens de poeira tinham sido levantadas por dois grandes rebanhos de ovelhas e carneiros que vinham de direções opostas. Dom Quixote afirmava com tanta certeza que eram exércitos, que Sancho passou a acreditar.

— E nós, senhor, o que faremos?

— Favorecer e ajudar os necessitados e desvalidos! — respondeu Dom Quixote. — Fique sabendo que o exército que vem à nossa frente é conduzido pelo imperador Alifanfarrão, e o outro é o exército de seu inimigo Pentapolim, o Sem Manga, porque sempre entra nas batalhas com o braço direito nu.

— E por que esses dois senhores se odeiam tanto? — perguntou Sancho.

— Porque esse Alifanfarrão é um pagão desalmado que se enamorou da filha de Pentapolim, uma formosa cristã — respondeu Dom Quixote.

— Por minhas barbas! — disse Sancho. — Estou do lado de Pentapolim.

— Cumpra o seu dever — disse Dom Quixote —, pois para entrar em batalhas semelhantes não é preciso ser armado cavaleiro.

Mas preste atenção: é melhor subirmos naquele barranco para que você possa distinguir os principais cavaleiros de cada exército.

Assim fizeram e, do alto do morro, Dom Quixote passou a enumerar cada um dos cavaleiros que ele imaginava, descrevendo suas armas, armaduras, escudos e feitos. Sancho ouvia tudo em silêncio e, de vez em quando, volvia a cabeça para ver os cavaleiros que seu amo nomeava. Como não enxergava nenhum, disse a Dom Quixote:

— Não vejo nenhum dos cavaleiros que diz estar vendo. Talvez não passe de feitiçaria, como os fantasmas desta noite.

— Como? Não ouve o relinchar dos cavalos, o toque dos clarins, o ruído dos tambores? — perguntou Dom Quixote.

— Não ouço nada além de muitos balidos de ovelhas e carneiros — respondeu Sancho.

E isso era verdade, pois os dois rebanhos já se aproximavam. Dom Quixote disse a Sancho que o medo que ele sentia estava embotando os seus sentidos e, por isso, ele não conseguia ver as coisas como eram de fato. Em seguida, esporeou Rocinante, ergueu a lança e desceu o barranco como um raio. Sancho gritou:

— Volte, senhor, pois juro que são carneiros e ovelhas! Que loucura é essa? Ai de mim!

Dom Quixote não lhe deu ouvidos, entrou pelo meio do esquadrão das ovelhas e passou a golpeá-las com a lança como se golpeasse seus inimigos mortais. Os pastores que acompanhavam o rebanho gritaram-lhe que não fizesse aquilo, mas, vendo que de nada adiantava, começaram a atingi-lo com pedradas. Dom Quixote gritava aos quatro ventos:

— Cadê você, soberbo Alifanfarrão? Venha sentir a força do meu braço!

Então um grande pedregulho atingiu-o nas costelas, causando-lhe muita dor. O cavaleiro lembrou-se de seu bálsamo, sacou de sua azeiteira, levou-a à boca e começou a beber. Mas, antes que terminasse, chegou outra violenta pedrada, atingindo de uma só vez a sua mão, a sua boca e a azeiteira. A pedra espatifou a azeiteira e quebrou três ou quatro dentes de Dom Quixote. O golpe foi tão forte que o pobre cavaleiro caiu do cavalo. Os pastores se aproximaram e pensaram que o homem estivesse morto. Assim, com muita pressa, recolheram as ovelhas mortas, juntaram os rebanhos e se foram. Sancho correu para junto de Dom Quixote, que, embora estivesse muito mal, continuava consciente.

— Eu não disse, senhor, que não eram exércitos e sim rebanhos de ovelhas e carneiros?

— Veja, Sancho, como aquele sábio meu inimigo pode fazer aparecer e desaparecer as coisas — disse Dom Quixote. — Para ter a prova, siga os rebanhos e observe como se transformarão em homens outra vez. Mas, antes, diga-me quantos dentes me faltam na boca.

No momento em que Sancho aproximou os olhos da boca de seu amo, o bálsamo começou a fazer seu efeito no estômago do fidalgo. Então, como um tiro de canhão, o cavaleiro lançou nas barbas do escudeiro tudo o que tinha nas entranhas.

— Ave, Maria! — disse Sancho.

Sancho sentiu tanto nojo que, acometido por ânsias incontroláveis, vomitou até as tripas sobre o seu amo, ficando os dois em um estado deplorável. O escudeiro correu até o seu asno para procurar algo com que se limpar e esteve a ponto de perder o juízo quando percebeu que os alforjes haviam desaparecido. Sem mais o que fazer, cada um montou em seu animal e seguiram caminho em busca de algum lugar onde pudessem descansar e recobrar as forças.

CAPÍTULO 17

Sobre a desgraçada aventura do engenhoso cavaleiro com uns sacerdotes

O cavaleiro e seu escudeiro foram surpreendidos pela noite, no meio do caminho, sem terem encontrado onde dormir. O pior de tudo é que morriam de fome, pois sem os alforjes não tinham nada para comer. Seguiam assim, desolados, quando viram em seu caminho luzes que pareciam estrelas em movimento. As luzes estavam se aproximando e, quanto mais avançavam, pareciam maiores. Sancho começou a tremer de medo e os cabelos de Dom Quixote se arrepiaram como se ele visse coisas de outro mundo.

Os dois, posicionados à beira da estrada, olhavam atentamente para as luzes e perceberam que, na verdade, eram cerca de vinte homens de camisolão que se aproximavam, todos a cavalo e com tochas acesas na mão. Atrás deles, vinha uma liteira coberta de preto em sinal de luto, seguida de outros seis homens a cavalo, enlutados até as patas das mulas. Os homens de camisolão murmuravam entre si em voz baixa e chorosa. Apesar do medo, Dom Quixote imaginou que algum cavaleiro ferido ou morto era conduzido na liteira e, sem pensar duas vezes, aprumou-se na sela, parou no meio da estrada e disse em voz alta:

— Parem, cavaleiros, e me digam quem são, de onde vêm, para onde vão e o que levam na liteira! Pois, pelo que vejo, ou os senhores fizeram ou sofreram alguma desonra, e convém que eu o saiba para castigá-los pelo mal que cometeram ou para vingá-los da ofensa que tenham sofrido.

— Estamos apressados — respondeu um dos encamisados —, não podemos parar para responder tantas coisas.

Disse isso e seguiu em frente. Dom Quixote não gostou da resposta, agarrou as rédeas do cavalo do homem e lhes disse:

— Parem e sejam mais bem-educados! Respondam o que perguntei, caso contrário entrarão em luta comigo!

O cavalo que Dom Quixote segurou pelas rédeas se assustou e, empinando, jogou seu dono ao chão. Um criado que vinha a pé, vendo o encamisado cair, começou a insultar Dom Quixote, o qual, já enraivecido, ergueu a lança e atacou um dos enlutados, atirando-o ao chão. Os homens de camisolão, medrosos e desarmados, fugiram pelo campo carregando suas tochas. Os enlutados, envoltos em suas batinas, não conseguiam se mover tão rapidamente e foram atacados ferozmente por Dom Quixote. Sancho assistia a tudo, admirado da valentia de seu amo.

Dom Quixote aproximou-se de um dos enlutados estendido no chão, apontou-lhe a lança e ordenou que se rendesse, se não, o mataria. O homem caído respondeu:

— Já estou rendido, pois não posso me mover com uma perna quebrada.

O homem explicou que era um sacerdote e que, com outros sacerdotes, acompanhava o defunto que ia na liteira, o corpo morto de um cavaleiro que morreu em Baeza e que agora era levado para Segóvia, onde havia nascido.

— E quem o matou? — quis saber Dom Quixote.

— Foi Deus, por meio de umas febres pestilentas — respondeu o sacerdote.

— Sendo assim — disse Dom Quixote —, tirou-me Nosso Senhor o trabalho que eu teria na vingança de sua morte. Fique sabendo que sou um cavaleiro de La Mancha chamado Dom Quixote. A minha profissão é andar pelo mundo endireitando o que está torto e desfazendo estragos.

— Não sei como funciona isso de endireitar o que está torto — disse o sacerdote —, pois a mim, que estava direito, o senhor deixou torto, com a perna quebrada. O estrago que desfez foi me deixar estragado de tal maneira que andarei meio torto para o resto da vida.

— O mal foi, senhor sacerdote, vocês virem de noite, vestindo esses camisolões, com as tochas acesas, rezando, cobertos de luto, que pareciam mesmo ser coisa ruim e de outro mundo.

— Já que a sorte quis assim — disse o sacerdote —, suplico ao senhor cavaleiro andante que tanta malandança me deu, que me ajude a sair de baixo deste cavalo, pois a minha perna ficou presa entre o estribo e a sela.

— Por que não me avisou antes? — disse Dom Quixote.

O fidalgo então gritou para que Sancho Pança viesse ajudá-lo, mas o escudeiro estava ocupado pegando alguns alforjes cheios de comida que traziam aqueles bons senhores. Depois de amarrá-los em seu asno, Sancho ajudou o seu amo a livrar o sacerdote do peso do cavalo, montá-lo nele e entregar-lhe a tocha. Antes de o sacerdote partir, Sancho lhe disse:

— Se quiser saber quem o deixou em tal situação, saiba que foi o famoso Dom Quixote de La Mancha, também chamado o Cavaleiro da Triste Figura.

O sacerdote partiu, e Dom Quixote perguntou a Sancho por que o chamara de Cavaleiro da Triste Figura.

— Foi porque estive observando-o à luz das tochas — respondeu Sancho —, e o senhor realmente possui a figura mais debilitada e triste que já vi na vida. Talvez seja por causa do cansaço ou da falta de dentes.

— Não é isso — disse Dom Quixote —, e sim que o sábio que está escrevendo a história das minhas façanhas deve ter achado melhor me atribuir algum apelido, como é costume entre os cavaleiros andantes.

Dom Quixote montou em Rocinante, e Sancho, em seu asno, e os dois partiram. Não andaram muito por um caminho entre dois montes e encontraram um vale escondido e espaçoso, onde apearam. Deitados sobre a relva macia, tomaram café da manhã, almoçaram, tomaram café da tarde e jantaram de uma só vez. Para tristeza de Sancho, eles não haviam trazido vinho para beber, nem sequer água. Acossados pela sede, olharam ao redor e só viram o campo coberto de relva verde e miúda.

CAPÍTULO 18

Sobre a aventura em que o engenhoso cavaleiro conquista o famoso elmo de Mambrino

Era preciso encontrar uma fonte de água. Sancho Pança, observando o campo, disse que ali por perto deveria haver um regato ou um riacho que umedecesse a relva. Eles tinham que andar um pouco mais para matar a sede terrível que os corroía. Assim, recolheram a sobra da comida, Dom Quixote pegou Rocinante pelas rédeas, Sancho tomou o asno pelo cabresto, e saíram caminhando pelo campo.

Não tinham andado nem duzentos passos quando ouviram um grande ruído de água que parecia despencar de grandes alturas. Ficaram muito alegres e, parando para escutar de que lado vinha o rumor, ouviram um estrondo que lhes encheu de espanto: eram golpes compassados misturados a certo retinir de ferros e cadeias. Dom Quixote, imaginando que uma nova aventura o esperava, montou em Rocinante, empunhou a espada e disse:

— Sancho, meu amigo, eu sou aquele a quem se reservam os perigos, as grandes façanhas e os feitos valorosos. Espere-me aqui por três dias. Caso eu não volte, você deve regressar à nossa aldeia e levar a terrível notícia de minha morte à incomparável senhora Dulcineia d'El Toboso.

Sancho desesperou-se ao ouvir essas palavras. Rogou a seu amo que não o abandonasse ali, em um lugar distante e desabitado. Como Dom Quixote mostrava-se determinado a partir, Sancho, sorrateiramente, amarrou as patas de Rocinante com o cabresto de seu asno, de modo que, quando o cavaleiro quis partir, não conseguiu, porque o cavalo não podia se mover. Dom Quixote não compreendeu o que acontecia, e Sancho afirmou que aquilo devia ser por causa de algum encantamento.

— Como Rocinante não pode se mover — disse Dom Quixote —, vou esperar o dia amanhecer, pois até lá o feitiço já terá cessado.

Quando amanheceu, tudo foi esclarecido: Dom Quixote e Sancho perceberam que os estrondos noturnos eram causados por seis pesados pilões movidos pela água. Foi uma decepção para o nobre cavaleiro, que baixou a cabeça envergonhado. Sancho não pôde conter o riso, que logo se transformou em uma incontrolável gargalhada. O escudeiro passou a repetir, em tom de galhofa, as frases ditas pelo fidalgo da primeira vez em que ouviram as batidas assustadoras:

— "Sancho, meu amigo, eu sou aquele a quem se reservam os perigos, as grandes façanhas e os feitos valorosos... Caso eu não volte, você deve regressar à nossa aldeia e levar a terrível notícia de minha morte...".

Dom Quixote, zangado, ergueu a lança e deu duas pancadas nas costas de Sancho, como reprimenda.

— Sossegue, senhor, que não fiz por mal — disse o escudeiro.

Nisso começou a chover, e Sancho desejou que se abrigassem no moinho dos pilões. Dom Quixote, porém, havia tomado antipatia dos pilões, pois foram eles que motivaram a gozação de Sancho, e não quis entrar ali. Com isso, deram a volta e tomaram uma estrada parecida com a que haviam seguido no dia anterior. Logo avistaram um homem a cavalo que trazia na cabeça algo que brilhava como se fosse ouro.

— Sancho, se não me engano — disse Dom Quixote —, vem vindo um homem que traz na cabeça o elmo de Mambrino, o rei mouro cujo elmo torna indestrutível quem o usa.

— O que eu vejo — disse Sancho — é só um homem montado num asno pardo como o meu e que traz na cabeça uma coisa que brilha.

— Pois é o elmo de Mambrino! — disse Dom Quixote. — Afaste-se e deixe-me a sós com ele. Sem grande dificuldade concluirei esta aventura e tomarei posse do elmo que tanto desejo.

A verdade é que o elmo, o cavalo e o cavaleiro que Dom Quixote via não eram nada além disto: naquela localidade havia dois povoados, um tão pequeno que não tinha nem botica nem barbeiro, e o outro, que ficava ali perto, os tinha. Por isso, o barbeiro do povoado maior servia no menor, caso algum doente precisasse de uma sangria ou alguém necessitasse fazer a barba. Assim, o barbeiro sempre levava consigo uma bacia de latão; como chovia, ele havia colocado a bacia sobre a cabeça a fim de não estragar o seu chapéu novo. O fato é que a bacia estava tão limpa que brilhava a meia légua de distância.

O barbeiro vinha sobre um asno pardo, tal como Sancho havia dito, mas, para Dom Quixote, pareceu um cavalo robusto de cavaleiro, e a bacia, um elmo de ouro. Quando o pobre barbeiro se aproximou, Dom Quixote avançou para ele de lança em riste e disposto a vará-lo de parte a parte.

— Defenda-se, infame criatura — gritou Dom Quixote —, ou entregue-me por sua vontade o que com tanta razão me pertence!

O barbeiro, ao ver avançar contra si aquele cavaleiro armado com uma lança, não teve outro remédio a não ser se jogar ao chão; nem bem caiu, levantou-se mais ligeiro que uma lebre e disparou pela planície correndo tão rápido que nem o vento o alcançaria. O homem deixou a bacia no chão, o que muito agradou a Dom Quixote. O fidalgo mandou que Sancho a recolhesse, e o escudeiro, tomando-a nas mãos, disse:

— Por Deus que a bacia é boa e deve valer algumas moedas.

Dom Quixote pegou-a e logo a pôs na cabeça, virando-a de um lado a outro em busca do encaixe que há nos elmos. Como não o encontrava, disse:

— Sem dúvida, o pagão que serviu de modelo para este famoso elmo devia ter uma cabeça enorme. O pior é que está faltando a outra metade.

Quando Sancho o ouviu chamar a bacia de elmo, não conseguiu conter o riso, mas, ao se lembrar da cólera de seu amo, sufocou o riso no meio.

— Do que está rindo, Sancho?

— Estou rindo só de imaginar o tamanho da cabeça do pagão que serviu de molde a esse elmo, que mais se parece com uma bacia de barbeiro.

— Sabe o que imagino, Sancho? Que esta famosa peça, por algum estranho motivo, caiu nas mãos de quem não soube estimar o seu valor e, percebendo-a de ouro puro, sem saber o que fazia, fundiu metade dela para se aproveitar do preço e, da outra metade, fez esta, que parece uma bacia de barbeiro. Seja como for, para mim pouco importa, pois mandarei refazê-la no primeiro ferreiro que encontrar e ela não deverá nada ao elmo forjado pelo deus das batalhas. Enquanto isso, vou usá-la como está, assim, ao menos, me defenderá das pedradas.

— Diga-me, senhor, o que faremos desse cavalo que parece um asno pardo e que foi abandonado pelo barbeiro? — perguntou Sancho.

— Não costumo despojar os vencidos — respondeu Dom Quixote —, nem é costume da cavalaria tirar-lhes os cavalos e deixá-los a pé, a não ser que o vencedor tenha perdido o seu na batalha. Portanto, Sancho, deixe aí esse cavalo, asno ou seja lá o que for, pois o seu dono certamente voltará para buscá-lo.

— Como as leis da cavalaria não permitem que eu troque esse asno pelo meu — disse Sancho —, eu gostaria de saber se pelo menos poderia trocar os arreios.

— Disso não estou bem certo — disse Dom Quixote —, e, na dúvida, até estar melhor informado, permito que os troque.

Então Sancho fez a troca dos arreios e deixou o seu asno às mil maravilhas. Em seguida, ele e Dom Quixote comeram as sobras da comida que tomaram dos sacerdotes e beberam água do riacho dos pilões, sem olhar muito para eles, tamanha era a aversão que lhes tinham pelo aborrecimento que lhes causaram.

CAPÍTULO 19

Sobre a liberdade que deu Dom Quixote a uns prisioneiros mal-agradecidos

Conta Cide Hamete Benengeli, autor árabe desta gravíssima, altissonante, doce e imaginada história, que, depois que o famoso Dom Quixote de La Mancha e Sancho Pança, seu escudeiro, retomaram a estrada que seguiam, Dom Quixote ergueu os olhos e viu que se aproximavam uns 12 homens a pé, algemados e enfileirados como contas de um rosário numa grande cadeia de ferro que os atava pelo pescoço. Vinham também com eles dois homens a cavalo, um deles armado com uma espingarda de pederneira, e dois a pé, armados com dardos e espadas.

— É um grupo de condenados que, forçados por ordem do rei, vão para as galés — disse Sancho Pança.

— Como assim forçados? — perguntou Dom Quixote. — É possível que o rei force alguém?

— Não digo isso — disse Sancho —, mas é gente que, por seus delitos, foi condenada a servir ao rei nas galés.

— Seja como for — disse Dom Quixote —, essa gente vai à força e não por sua vontade.

— Assim é — disse Sancho.

— Sendo assim — disse o fidalgo —, cabe aqui a execução do meu ofício, que é desfazer injustiças e ajudar os miseráveis.

— Fique sabendo, meu senhor — disse Sancho —, que a justiça, que é o próprio rei, não comete desagravos contra essa gente, mas os castiga por causa de seus delitos.

Nisso chegou o grupo de prisioneiros, e Dom Quixote, educadamente, pediu aos homens da escolta que informassem o motivo de levarem aquelas pessoas daquela maneira.

Um dos guardas a cavalo respondeu que eram prisioneiros que iam às galés por ordem de Sua Majestade, e que não havia mais nada a dizer nem a perguntar.

— Com tudo isso — disse Dom Quixote —, eu gostaria de saber de cada um deles a causa de sua desgraça.

O guarda permitiu e Dom Quixote, então, aproximou-se do primeiro prisioneiro e perguntou por quais pecados estava ele em tão má situação. O homem lhe respondeu que estava ali por ter se apaixonado.

— Só por isso? — surpreendeu-se Dom Quixote. — Se por paixões eles mandam às galés, então há muito tempo eu deveria estar lá.

— Não são essas paixões que o senhor imagina — disse o preso. — Na verdade, eu me apaixonei por uma cesta cheia de roupas finas e abracei-a tão fortemente que, se a justiça não me pegasse à força, ainda agora não a teria largado.

Dom Quixote repetiu a mesma pergunta ao segundo prisioneiro, que nada respondeu, tão triste e melancólico estava, mas respondeu por ele o primeiro:

— Esse, senhor, vai por ser canário, isto é, músico e cantor.

— Mas como?! — espantou-se Dom Quixote. — Músicos e cantores também vão para as galés?

— Sim, senhor — respondeu o primeiro prisioneiro —, pois não há coisa pior do que cantar como um passarinho.

— Eu sempre ouvi dizer — disse Dom Quixote — que quem canta seus males espanta.

— Pois aqui acontece o contrário — disse o prisioneiro —, quem canta uma vez chora a vida toda.

— Não entendo — disse Dom Quixote.

Um dos guardas lhe explicou:

— Senhor cavaleiro, "cantar", na linguagem dessa gente, quer dizer confessar mediante tortura.

Dom Quixote passou ao terceiro prisioneiro e repetiu a pergunta. O homem respondeu:

— Fui condenado a cinco anos por me faltarem dez ducados.

— Pois eu lhe darei vinte para livrá-lo desse sofrimento — disse Dom Quixote.

— É tarde demais — disse o prisioneiro. — Se eu tivesse esses vinte ducados antes, teria com eles molhado a pena do escrivão e clareado a mente do procurador. Mas, paciência, Deus é grande e isso basta.

Atrás de todos, vinha um homem de boa aparência, com uns trinta anos, e preso de maneira reforçada às correntes. Além das argolas no pescoço, trazia um grande cadeado nos pés. Dom

Quixote perguntou por que aquele homem estava preso com mais ferros do que os outros. O guarda lhe respondeu que aquele prisioneiro cometera mais crimes do que todos os outros juntos, além de ser muito atrevido, por isso temiam que ele pudesse escapar.

— Que delitos pode ter cometido que não mereceu castigo maior do que as galés? — perguntou Dom Quixote.

— Ele foi condenado a dez anos — respondeu o guarda —, o que equivale à morte civil. Basta saber que esse homem é o famoso Ginés de Pasamonte.

— Senhor cavaleiro — disse o prisioneiro —, se tem algo para nos dar, faça-o logo e vá com Deus, pois já está dando nos nervos tanta intromissão na vida alheia. Se deseja saber da minha vida, saiba que sou Ginés de Pasamonte, cuja vida está escrita por estas mãos.

— Isso é verdade — disse o guarda —, pois ele mesmo escreveu sua história, muito boa por sinal; tanto que deixou o livro empenhado por duzentos reais.

— E pretendo resgatá-lo — disse Ginés —, ainda que me custe duzentos ducados.

— Você parece inteligente — disse Dom Quixote.

— E infeliz — retrucou Ginés —, pois a desgraça sempre persegue os mais capazes.

— A desgraça persegue os safados! — disse o guarda.

— Eu já lhe disse, senhor guarda — disse Ginés —, que não carrega essa vara para maltratar os prisioneiros, mas para nos guiar no caminho para onde nos manda Sua Majestade. Pois bem, chega de conversa fiada.

O guarda ergueu a vara para repreender Ginés de Pasamonte, mas Dom Quixote pediu que não o maltratasse. Subindo o tom de voz, o fidalgo prosseguiu:

— De tudo o que ouvi, caríssimos irmãos, pude tirar a limpo que vocês não escolheram esses sofrimentos. Além disso, estão sendo condenados contra sua vontade. Em todo caso, toparam com alguém que professa a ordem da cavalaria e fez o voto de defender os necessitados e oprimidos. Parece-me errado fazer escravo a quem Deus e a natureza fizeram livres. Rogo, então, a esses senhores, que soltem esses prisioneiros e os deixem seguir em paz. Se o fizerem de bom grado, ficarei agradecido, caso contrário, sentirão o valor do meu braço e da minha lança.

— Boa piada! — disse o guarda. — Vejam com que graça ele a contou! Quer que libertemos os prisioneiros do rei como se tivéssemos autoridade para soltá-los, e ele, para nos dar ordens! Suma daqui, senhor, ajeite essa bacia que carrega na cabeça e não se meta a tirar a sardinha da brasa com patas de gato.

— Você é o gato, o rato e o velhaco! — bradou Dom Quixote.

O cavaleiro avançou contra o guarda e lhe acertou um golpe com a lança, jogando-o ferido ao chão. Para a sorte do fidalgo, aquele era justamente o guarda que trazia a espingarda. Os outros guardas ficaram atônitos com o ataque inesperado, mas, depois do susto, ergueram suas espadas e seus dardos e avançaram contra Dom Quixote, que só não passou por maus momentos porque os prisioneiros, aproveitando a ocasião, livraram-se dos grilhões que os prendiam. Foi tal a revolta que os guardas não sabiam se detinham os presos ou se atacavam Dom Quixote, e acabaram não fazendo nem uma coisa nem outra.

Sancho, por seu lado, ajudou a soltar Ginés de Pasamonte, que logo tomou a espingarda do guarda caído e apontou-a para os outros guardas. Não foi preciso dar nem um tiro, pois todos os guardas fugiram. Sancho ficou muito preocupado com o ocorrido e disse a seu amo que os fugitivos logo avisariam a Santa

Irmandade sobre o caso. Dom Quixote, antes de partir, chamou os prisioneiros, que estavam em alvoroço, e lhes disse:

— As pessoas bem-nascidas costumam agradecer os benefícios recebidos, pois um dos pecados que mais ofendem a Deus é a ingratidão. Digo isso, senhores, porque está muito claro o bem que de mim receberam. Em retribuição ao que fiz, peço-lhes que se encaminhem à cidade de El Toboso e ali se apresentem diante da senhora Dulcineia d'El Toboso, dizendo que o Cavaleiro da Triste Figura lhes enviou, e contem a ela em detalhes como se passou essa aventura em que lhes restituí a liberdade.

Ginés de Pasamonte respondeu por todos dizendo:

— O que o senhor nos pede, cavaleiro e nosso libertador, é impossível de cumprir, pois, se seguirmos juntos pela estrada, seremos presos pela Santa Irmandade. O que podemos fazer é trocar esse serviço por uma quantidade de ave-marias e credos, que rezaremos em sua intenção, de noite e de dia, fugindo ou descansando. Agora, pedir que sigamos para El Toboso é como pedir para colhermos uvas no limoeiro.

— Pois eu insisto, seu filho de uma meretriz! — disse Dom Quixote, já tomado de cólera. — E agora você terá que ir sozinho, com o rabo entre as pernas e com todos os grilhões nas costas.

Ao ser tratado daquela maneira, Ginés de Pasamonte, que já percebera que Dom Quixote não batia bem das ideias, piscou para os companheiros e, afastando-se, todos os prisioneiros começaram a jogar tantas pedras sobre o fidalgo que este não tinha mãos o suficiente para se defender. Sancho se enfiou atrás de seu asno enquanto a chuva de pedras caía sobre os dois. Dom Quixote acabou por levar uma pedrada brutal que o derrubou do cavalo. Ginés avançou sobre o fidalgo, tirou-lhe a bacia da cabeça e, com ela, deu-lhe várias pancadas nas costas. Os outros prisioneiros arrancaram-lhe uma jaqueta que vestia sobre as armas e só não o deixaram nu porque a armadura atrapalhou. Sancho não teve a mesma sorte, pois tiraram toda a sua roupa e ainda repartiram entre si os demais despojos da batalha. Em seguida, os prisioneiros se foram, cada um para um lado, preocupados em escapar da Santa Irmandade.

Ficaram ali, sozinhos, o asno, Rocinante, Sancho e Dom Quixote. O asno, cabisbaixo e pensativo, sacudindo as orelhas de quando em quando; Rocinante, caído junto a seu amo, pois também fora atingido por uma pedrada; Sancho, completamente nu; e Dom Quixote, desolado por se ver tão maltratado pelos mesmos que ele havia acabado de ajudar.

CAPÍTULO 20

Em que o engenhoso cavaleiro Dom Quixote decide enlouquecer de amor

Foi com certa alegria que Sancho percebeu que os prisioneiros não haviam levado um alforje que vinha sobre o seu asno. O escudeiro vestiu-se com outras roupas que encontrou nele, aproximou-se de seu amo e lhe disse que era melhor saírem dali o mais rápido possível, antes que os guardas da Santa Irmandade os encontrassem.

Dom Quixote montou em Rocinante, Sancho em seu asno, e seguiram a caminho da Serra Morena, que ficava ali perto. Sancho tinha a intenção de se esconder por alguns dias naquelas matas, depois atravessariam a Serra inteira em direção a Viso ou Almodóvar del Campo. Quis o azar, porém, que Ginés de Pasamonte também se refugiasse naquela mesma região, levado pelo medo da Santa Irmandade.

Naquela noite, chegaram à metade das entranhas da Serra Morena, buscaram abrigo entre dois rochedos e ali adormeceram. Ginés de Pasamonte, que os observava de longe, decidiu roubar o asno de Sancho Pança. No dia seguinte, Sancho, ao dar falta de seu asno, ficou tão desconsolado que principiou o mais triste e doloroso pranto do mundo. Dom Quixote consolou Sancho prometendo fazer uma carta de doação determinando que lhe dessem três dos cinco jumentos que havia deixado em casa. Sancho enxugou as lágrimas e agradeceu a gentileza de Dom Quixote.

Quando o escudeiro ergueu os olhos, notou que seu amo tentava desenterrar alguma coisa com a ponta da lança. Sancho foi ajudá-lo e viu que a lança levantava uma maleta um tanto podre e desfeita. Dom Quixote lhe pediu que verificasse o que ela continha. Sancho encontrou na maleta quatro camisas e outras coisas de linho muito elegantes, moedas de ouro enroladas num lenço e um caderno ricamente decorado. Dom Quixote mandou que Sancho guardasse as moedas, o que ele fez com muito gosto, e abriu o pequeno caderno. Nele estavam escritos poemas e cartas de amor que continham queixas, lamentos, desconfianças, sabores e dissabores, favores e desdéns.

— Essas coisas foram escritas por algum amante desprezado — disse Dom Quixote.

O Cavaleiro da Triste Figura foi tomado por uma grande vontade de saber quem era o dono da maleta. Assim, andaram um pouco por ali e logo o fidalgo avistou um homem que vinha saltando de pedra em pedra com estranha ligeireza. Ele tinha a barba negra e comprida, os cabelos desarrumados e os pés descalços. Ao ser indagado por Dom Quixote, o homem contou a sua história. Disse que se chamava Cardênio, nascera em uma das melhores cidades da Andaluzia e era de família nobre; contudo, ao não ter o seu amor correspondido por uma donzela formosa e deslumbrante chamada Lucinda, abandonou tudo e embrenhou-se naquele lugar, onde vivia como um mendigo. No entanto, enquanto contava a história, Cardênio teve uma crise de loucura e desapareceu outra vez nas montanhas.

Refletindo sobre a história de Cardênio, Dom Quixote teve a ideia de realizar uma façanha que o tornaria célebre em todo o mundo. Assim como Amadis de Gaula, que o fidalgo considerava o mais perfeito cavaleiro andante de todos os tempos, ele decidiu enlouquecer de amor. Por isso, pediu a Sancho que levasse uma carta a sua amada Dulcineia d'El Toboso. O escudeiro, lembrando-se da promessa de seu amo de lhe doar três asnos, animou-se com a ideia.

— Mas onde escreverei a carta? — quis saber Dom Quixote.

— E a ordem para me entregarem os asnos também — disse Sancho.

— Fique tranquilo, tudo será escrito — disse Dom Quixote.

Então o fidalgo teve a ideia de escrever a carta no caderno que encontrara na maleta de Cardênio. Dom Quixote pegou o caderno e nele escreveu a carta para a sua amada:

Carta de Dom Quixote para Dulcineia d'El Toboso

Soberana e alta senhora:

O ferido pela ausência e magoado no íntimo do coração, dulcíssima Dulcineia d'El Toboso, envia-te a saúde que ele não tem. Se a tua formosura me despreza, se não vens em meu auxílio, se os teus desdéns são a resposta aos meus anseios, ainda que eu seja tolerante, mal poderei suportar esta aflição que, além de forte, é duradoura. Meu bom escudeiro Sancho te dará inteira relação do modo como por tua causa fico. Se quiseres socorrer-me, sou teu; se não, faz o que for do teu gosto, que eu, dando fim a minha vida, satisfarei a tua crueldade e o meu desejo. Teu até a morte,

O Cavaleiro da Triste Figura

Depois de escrevê-la, Dom Quixote leu a carta para Sancho.

— Pela vida do meu pai — disse o escudeiro —, é a coisa mais linda que jamais ouvi!

Dom Quixote escreveu também a ordem para a entrega dos asnos. Em seguida, disse ele ao escudeiro:

— É preciso, Sancho, que você me veja nu fazendo uma ou duas loucuras para que, tendo-as visto com os seus olhos, possa jurar diante de Dulcineia que enlouqueci de amor.

— Pelo amor de Deus, senhor — disse Sancho —, não me faça vê-lo nu, pois me dará muita pena e não poderei segurar as lágrimas.

— Acalme-se, Sancho, que será muito rápido.

Dom Quixote, mais que depressa, tirou os calções e, nu em pelo, sem mais nem menos, deu dois pinotes e duas cambalhotas de pernas para o ar, descobrindo coisas que, para não vê-las, Sancho deu volta a Rocinante e partiu.

CAPÍTULO 21

Em que Dom Quixote é convencido a seguir rumo ao Reino de Micomicão

Sancho Pança pegou a estrada rumo a El Toboso. No dia seguinte, chegou à estalagem onde o haviam jogado para o alto com a manta. Ao lembrar-se daquela brincadeira de mau gosto, o escudeiro hesitou em entrar. Dois homens conversavam à porta da estalagem e reconheceram Sancho: o padre e o barbeiro de sua aldeia. Eles se aproximaram de Sancho e quiseram saber onde estava Dom Quixote. Sancho tentou esconder o paradeiro de seu amo, mas os dois insistiram e ele acabou contando tudo, inclusive sobre a missão que tinha a cumprir.

O padre pediu para ver a carta endereçada a Dulcineia. Sancho procurou pelo caderno, revirou as roupas, mas não o encontrou. Ao perceber que havia perdido o caderno, o escudeiro começou a chorar e a dar murros em si mesmo. Doía-lhe mais ter perdido a ordem para a entrega dos asnos do que a carta para Dulcineia.

— Não se preocupe — disse o padre —, você irá conseguir os seus asnos, mas, primeiro, precisamos resgatar o nosso amigo.

Eles bolaram um plano. O barbeiro se disfarçaria de donzela, e o padre, de escudeiro. Usando máscaras, eles iriam até Dom Quixote e pediriam que o fidalgo castigasse o cavaleiro que havia ofendido a donzela. Assim, eles o levariam até a sua casa, onde supostamente estaria o malfeitor, e tentariam curá-lo de sua loucura. Com tudo combinado, o padre e o barbeiro conseguiram na estalagem os adereços de que precisavam para os seus disfarces. Sem demora, saíram ao encontro de Dom Quixote na Serra Morena.

No caminho, encontraram-se com Cardênio, e Sancho explicou ao padre e ao barbeiro que aquele era um jovem nobre que enlouquecera de amor e, desde então, vivia como um mendigo embrenhado nas montanhas. O próprio Cardênio tratou de contar os detalhes de sua história, que, antes, havia interrompido ao ter uma crise de loucura: Lucinda, a sua amada, jurou-lhe amor eterno e o aconselhou a pedi-la em casamento ao seu pai. Dom Fernando, um rico e respeitado amigo de Cardênio, ofereceu-se para ajudá-lo e propôs pedir a mão da donzela em nome do amigo. Cardênio aceitou a ajuda, mas Dom Fernando, hipócrita e traidor, pediu a mão de Lucinda para si mesmo, e não para o companheiro.

Lucinda escreveu para Cardênio contando a falsidade de Dom Fernando. Ela jurou que não se casaria com ele, que levaria um punhal para o altar e, em pleno casamento, tiraria a própria vida. Cardênio ficou desesperado. No dia do casamento, escondeu-se na igreja, mas teve medo de agir. Lucinda também não teve coragem de cometer um ato tão trágico e desmaiou no momento de dizer "sim". Cardênio, desde aquela fatídica cerimônia, vagava desvairado, sem nada que pusesse fim a sua dor.

O padre tentou dizer-lhe algumas palavras de consolo, entretanto, um lamento chamou-lhes a atenção. Eles então se depararam com um jovem camponês lavando os belos pés em um riacho. Em seguida, o camponês tirou o capuz e sacudiu os cabelos de um lado para o outro, cabelos tão radiantes e dourados que fariam inveja aos raios do sol. Com isso, todos perceberam que o camponês era, na verdade, uma mulher, e muito bonita. Ao perceber que estava sendo observada, a moça se assustou e tentou fugir. O padre, contudo, procurou acalmá-la:

— Não se assuste, somos pessoas pacíficas.

Depois de se acalmar, a moça contou-lhes sua história. Chamava-se Doroteia e era da Andaluzia, filha de um vassalo do Rei. A pobre donzela havia se apaixonado por Dom Fernando, que, depois de conseguir dela o que queria, iria casar-se com uma jovem de família nobre chamada Lucinda. Doroteia também contou que, durante o casamento, Lucinda desmaiara, e encontraram em suas roupas um punhal e um bilhete dizendo que ela se mataria por amar outro homem. Ultrajado, Dom Fernando partiu, e Doroteia vagava sofrendo de amor.

— Então, senhora, você é a formosa Doroteia, filha de Clenardo?

— E como você sabe o nome do meu pai? — quis saber Doroteia.

— Eu sou Cardênio, o infeliz apaixonado por Lucinda! E você me encheu de esperança, pois, se Lucinda não pode se casar com Dom Fernando, por ser minha, nem Dom Fernando com ela, por ser seu, bem podemos esperar que o céu nos restitua o que é nosso!

Doroteia não cabia em si de felicidade. Quis beijar os pés de Cardênio, mas o jovem a impediu. O padre aconselhou-os a irem até a sua aldeia, onde dariam um jeito de procurar por Dom Fernando. Ao saber o que o padre, o barbeiro e Sancho faziam ali, Doroteia se ofereceu para assumir o papel de donzela no lugar do barbeiro, pois ela seria muito mais convincente. Combinaram que Doroteia se apresentaria como a princesa Micomicona, do reino de Micomicão, que fora insultada por um malévolo gigante. Com tudo acertado, partiram em busca de Dom Quixote. Quando o encontraram, perto dali, o fidalgo estava faminto, pálido, fraco e suspirando por Dulcineia d'El Toboso. Doroteia tratou logo de se atirar aos pés de Dom Quixote implorando por sua ajuda.

— Daqui não me levantarei, valoroso e esforçado cavaleiro, até que sua bondade e cortesia favoreçam esta princesa que vem de terras tão distantes! — disse Doroteia.

Sancho Pança aproximou-se de Dom Quixote e lhe disse ao pé do ouvido:

— Essa é a formosa princesa Micomicona, do grande reino de Micomicão!

Voltando-se para a donzela, Dom Quixote disse:

— Levante-se, nobre donzela, que eu a ajudarei da maneira que me pedir!

— Pois o que eu peço — disse Doroteia —, é que me acompanhe para realizar essa vingança contra um gigante sórdido que desrespeitou o meu reino!

— Vamos embora daqui, em nome de Deus, favorecer essa grande senhora! — ordenou Dom Quixote.

Então se puseram em marcha. Seguiram rumo ao reino de Micomicão o padre e o barbeiro — disfarçados de acompanhantes da princesa —, Dom Quixote, Sancho, Cardênio e Doroteia. No caminho, Dom Quixote perguntou a seu escudeiro sobre Dulcineia. Ele quis saber se Sancho havia entregado a carta e se falara com ela. O escudeiro mentiu dizendo que entregara a carta e contara a Dulcineia todas as loucuras de amor de Dom Quixote. O cavaleiro ficou muito satisfeito com as notícias e seguiu a estrada fantasiando histórias com sua querida donzela.

CAPÍTULO 22

Sobre o retorno à estalagem e a chegada de hóspedes inesperados

Na verdade, o padre e o barbeiro logo trataram de tomar o rumo da estalagem. Quando chegaram, o estalajadeiro, sua mulher, sua filha e Maritornes correram para recebê-los alegremente. Dom Quixote pediu que lhe arranjassem um quarto melhor que o da vez anterior. A estalajadeira respondeu que, se ele pagasse melhor que da outra vez, ela lhe daria um quarto de príncipe. Dom Quixote disse que assim seria, e ela lhe arranjou um quarto razoável. Ele logo foi se deitar, pois estava exausto.

O padre pediu ao estalajadeiro que arrumasse algo de comer, pois todos estavam famintos. O dono da estalagem, na esperança de receber um bom pagamento, preparou uma adorável refeição. Enquanto todos comiam, Dom Quixote dormia profundamente, e acharam melhor não acordá-lo, pois o sono lhe faria melhor do que a comida. De repente, surgiu o pobre Sancho Pança, alvoroçado:

— Ajudem! Socorram o meu senhor! Ele está travando uma dura batalha em seu aposento! Há sangue por todo lado!

— O que está dizendo, meu filho? Está em sã consciência? — perguntou o padre.

Nisso ouviram um grande ruído que vinha do aposento em que Dom Quixote estava. O fidalgo parecia dar golpes nas paredes e dizia em voz alta:

— Gigante ardiloso! Sinta a força do meu braço!

— Não fiquem escutando! Entrem para ajudá-lo! Eu vi correr o sangue pelo chão e a cabeça do gigante cortada e caída a um canto, do tamanho de um odre de vinho — disse Sancho.

Todos correram para o aposento. Dom Quixote estava de camisola, gorro de dormir e espada em punho distribuindo golpes a torto e a direito. Durante o sono, o fidalgo sonhou que estava no reino de Micomicão enfrentando o gigante inimigo. Os seus golpes haviam rompido os odres de vinho armazenados no aposento, e o vinho espalhara-se para todos os lados. O estalajadeiro, inconsolável, reclamava o seu prejuízo. Tiveram muito trabalho para acalmá-lo. O padre prometeu-lhe pagar as despesas. Com muito custo fizeram Dom Quixote voltar a dormir, e, em seguida, todos se recolheram a seus aposentos.

No dia seguinte, em uma dessas jogadas inesperadas do destino, uma tropa de hóspedes se aproximou da estalagem.

— Quem serão essas pessoas? — perguntou Cardênio.

— Quatro homens a cavalo — respondeu o estalajadeiro —, com lanças, adargas e as cabeças cobertas por capuz preto. Junto com eles vinham uma mulher vestida de branco, também com o rosto coberto, montada em uma cadeira amarrada a um dos cavalos, e mais dois homens a pé.

Ao ouvirem isso, Doroteia tratou de cobrir o rosto, e Cardênio se escondeu no aposento onde Dom Quixote dormia, pois ambos tinham receio de serem reconhecidos por viajantes de Andaluzia.

O grupo de hóspedes chegou à estalagem. Os cavaleiros apearam, e um deles ajudou a dama a descer da cadeira e acomodou-a perto da entrada do aposento onde Cardênio se escondera. O padre, curioso por saber quem eram aquelas pessoas, aproximou-se de um dos moços que vinham a pé e tentou obter informações. O moço lhe disse:

— Eu não sei dizer quem são essas pessoas, só sei que demonstram ser pessoas importantes, principalmente aquele que tomou a senhora nos braços. E digo isso porque todos os demais lhe obedecem em tudo.

— E a senhora quem é? — quis saber o padre.

— Também não sei dizer — respondeu o moço —, pois em nenhum momento ela descobriu o rosto. Durante todo o caminho veio suspirando e gemendo. Quando os encontramos na estrada, nos pediram para acompanhá-los até Andaluzia, oferecendo bom pagamento.

Doroteia, por sua vez, comovida com a tristeza da senhora que acabara de chegar, aproximou-se dela e lhe disse:

— Que mal sente, minha senhora? Caso seja algum mal desses que as mulheres têm experiência em curar, eu ofereço a minha ajuda.

A senhora lastimosa nada respondeu, por mais que Doroteia insistisse em oferecer ajuda. O cavaleiro que a tomara nos braços se aproximou e disse a Doroteia:

— Não se canse, senhora, pois é costume dessa mulher não

agradecer coisa alguma que por ela se faça. E, caso ela fale alguma coisa, pode estar certa de que é tudo mentira.

— Eu jamais menti! — protestou a jovem que, até então, estava calada. — E é exatamente por isso que estou sofrendo tanto!

Cardênio, que estava escondido ali perto, não se conteve e gritou:

— Meu Deus! Que voz é essa que chegou aos meus ouvidos?

A jovem, sobressaltada, levantou-se e fez menção de entrar no aposento, mas foi impedida pelo cavaleiro. Por estar tão ocupado em segurá-la, ele não pôde impedir que o capuz que lhe cobria o rosto caísse. Nisso, Doroteia reconheceu que o cavaleiro era, na verdade, Dom Fernando. A moça lançou do fundo das entranhas um longo e tristíssimo "ai" e desmaiou, sendo amparada a tempo pelo barbeiro, que estava próximo. Dom Fernando, ao reconhecer Doroteia, empalideceu. Cardênio, percebendo que alguém havia desmaiado lá fora, e pensando se tratar de sua Lucinda, saiu do aposento apavorado; o primeiro que viu foi Dom Fernando, que segurava Lucinda.

Todos ficaram mudos de espanto e se olhavam: Doroteia para Dom Fernando, Dom Fernando para Cardênio, Cardênio para Lucinda e Lucinda para Cardênio. Quem primeiro rompeu o silêncio foi Lucinda, que disse para Dom Fernando:

— Deixe-me, Dom Fernando, pois encontrei o meu verdadeiro esposo!

Doroteia, notando que Dom Fernando não soltava Lucinda, disse-lhe:

— Deixe-a, Dom Fernando, solte essa mulher que não é sua, pois pertence a outro, e volte para a sua legítima e verdadeira mulher!

Dom Fernando, subitamente comovido, largou Lucinda e correu para Doroteia. Cardênio, sem perder tempo, correu para Lucinda. O padre, sensibilizado com os acontecimentos, disse que todos deveriam dar graças aos céus por preparar tão bem aquele encontro. Aos dois casais, chegar àquela estalagem havia sido, sem dúvida, como chegar ao céu, onde terminam todas as desventuras da terra.

Depois de todo o acontecido, o estalajadeiro serviu algo de comer e todos ficaram conversando tranquilamente. O assunto acabou se desviando para a loucura de Dom Quixote e os romances de cavalaria. O estalajadeiro, que era amigo da leitura, apareceu com uma maleta cheia de livros. O padre, notando um manuscrito que tinha um grande título que dizia *Novela do Curioso Impertinente*, tomou-o para si e leu três ou quatro linhas.

— Não me parece nada mau o título desta novela, tanto que tenho vontade de lê-la inteira.

Ao que lhe respondeu o estalajadeiro:

— Fique à vontade para lê-la, Vossa Reverência. Saiba que essa novela agradou a alguns hóspedes que aqui a leram.

Enquanto os dois mantinham essa conversa, Cardênio apanhou a novela e começou a ler. Ele também gostou muito do que leu e pediu ao padre que a lesse para que todos pudessem ouvir.

— Eu a leria de bom grado — disse o padre —, se não fosse melhor usar esse tempo para dormir em vez de ler.

— Para mim será um grande repouso entreter o tempo ouvindo algum conto — disse Doroteia.

Mestre Nicolás pediu o mesmo, e Sancho também. O padre, entendendo que a leitura daria gosto a todos, disse:

— Sendo assim, estejam todos atentos, que a novela começa desta maneira.

CAPÍTULO 23

Em que se conta a famosa história do curioso impertinente

Em Florença, cidade próspera e famosa da Itália, viviam Anselmo e Lotário, dois cavaleiros muito ricos. A união deles era tão vistosa e celebrada, que eles eram conhecidos como "os dois amigos". Os rapazes eram solteiros, tinham a mesma idade e os mesmos costumes. É verdade que Anselmo era mais dado aos passatempos amorosos, e Lotário preferia entreter-se com a caça. Contudo, ora Anselmo abria mão de seus prazeres para acompanhar Lotário, ora Lotário abdicava da caça para fazer companhia a Anselmo, de modo que a amizade entre eles encantava a todos e parecia mais harmoniosa que o mais perfeito dos relógios.

Anselmo andava perdido de amores por Camila, uma formosa donzela da mesma cidade, filha de pais encantadores, e ela mesma tão encantadora, que Anselmo se determinou a pedi-la a seus pais em casamento. Lotário o ajudou em tudo e intermediou os arranjos para a comunhão. Camila ficou tão contente em ter Anselmo como esposo, que não cessava de dar graças aos céus pelo bem alcançado.

Nos primeiros dias, Lotário frequentou como de costume a nova casa de seu amigo Anselmo. No entanto, terminadas as festividades das bodas, Lotário reduziu a frequência das visitas, pois acreditava não ser educado frequentar a casa de amigos casados da mesma maneira de quando eram solteiros. Anselmo percebeu o distanciamento de Lotário e se queixou com ele dizendo-lhe que, se soubesse que o casamento seria um motivo para o afastamento, ele não teria se casado. Anselmo lhe pediu que voltasse a entrar e sair de sua casa como antes, honrando o fato de serem chamados "os dois amigos", e disse-lhe que outra não era a vontade de Camila, que, sabendo como os dois amigos se adoravam, estava confusa com aquele comportamento de Lotário.

Assim, os amigos combinaram que Lotário iria almoçar na casa de Anselmo duas vezes por semana e também nos feriados. Lotário, com todo o respeito e a honra que dedicava ao amigo, procurava reduzir e abreviar as visitas para que não parecesse mal às pessoas ociosas e maliciosas da cidade a entrada de um moço rico e bem-nascido na casa de uma mulher casada e tão formosa como Camila. Aconteceu que, estando os dois amigos caminhando depois de um agradável almoço, Anselmo disse a Lotário:

— Saiba, amigo Lotário, que, apesar de Deus ter me ofertado os bens mais desejados, eu não posso corresponder com uma gratidão que iguale o fato de eu ter você como amigo e Camila como mulher. Mesmo com esses presentes do céu, eu vivo como o homem mais desgostoso de todo o mundo, pois há alguns dias me aborrece e atormenta um desejo tão estranho e fora do comum, que eu me espanto comigo mesmo e me culpo, procurando escondê-lo dos meus próprios pensamentos. Eu sinto que esse desejo, cedo ou tarde, será revelado, por isso eu prefiro que ele seja revelado a você, meu amigo verdadeiro, pois confio que poderá me ajudar a me libertar dessa angústia e dessa loucura.

Lotário ficou admirado com aquelas palavras de Anselmo e não fazia a menor ideia do que podia estar atormentando o amigo. Surpreso e curioso, ele disse a Anselmo que a amizade dos dois era suficiente para que o amigo confiasse nele e abrisse o seu coração.

— Isso é verdade — disse Anselmo. — Dessa forma, fique sabendo, amigo Lotário, que o desejo que me atormenta é saber se Camila, minha esposa, é tão boa e perfeita quanto eu penso, e não posso me certificar dessa vontade a não ser provando-a. Eu acredito, meu amigo, que a bondade da mulher só se revela quando é testada! Pois o que há para louvar na bondade de uma mulher se ninguém a convida a ser má? Por essa razão, eu desejo que Camila, minha esposa, passe por algumas dificuldades e demonstre inteiramente o seu valor. Se ela sair vitoriosa dessa batalha, como eu acredito que sairá, eu terei a minha felicidade completa; se acontecer o contrário do que eu penso, eu terei o gosto de ver que acertei em minha opinião e isso me fará suportar o sofrimento de tão custosa experiência.

Lotário escutava as palavras do amigo com atenção. Anselmo prosseguiu:

— Eu quero, meu amigo Lotário, que você seja o instrumento dessa minha obra. Eu não deixarei faltar nada do que seja necessário para cortejar uma mulher honesta, honrada e desinteressada. O que me motiva a incumbir você de tão árdua tarefa é saber que, se Camila for seduzida, sei que a traição não ocorrerá de fato, e assim não ficarei ofendido, e minha injúria ficará escondida na virtude do seu silêncio. Portanto, se você deseja que eu tenha uma vida digna desse nome, aceitará realizar essa amorosa missão com a confiança que a nossa amizade me assegura.

Essas foram as razões que Anselmo disse a Lotário, que as escutou atentamente e sem despregar os lábios. Vendo que o amigo não dizia mais nada, Lotário olhou-o por um bom tempo, como se olhasse alguma coisa que jamais tivesse visto, e lhe disse, cheio de admiração e espanto:

— Não posso acreditar, amigo Anselmo, que você não tenha dito essas coisas por brincadeira ou gozação! Sem dúvida, imagino que você não me conhece ou eu não o conheço, mas não é assim, pois sei muito bem que você é o Anselmo e você sabe que sou o Lotário... O problema é que eu penso que você não é o Anselmo que costumava ser, e você deve ter pensado que eu não sou o Lotário de sempre, porque as coisas que me disse não são daquele Anselmo meu amigo, nem as coisas que me pediu são para aquele Lotário que você conhece, porque os bons amigos não podem se valer de sua amizade para coisas que vão contra Deus. E agora você me pede, Anselmo, que eu me empenhe e me esforce para tirar-lhe a honra e a vida, e tirá-las de mim também, pois se eu me esforçar para tirar-lhe a honra, é claro que lhe tiro a vida, pois um homem sem honra é pior que um morto. E sendo eu o instrumento de tanto mal, como você deseja que o seja, não ficarei eu também desonrado e sem vida? Escute, amigo, e tenha paciência de não me interromper enquanto eu não acabar de lhe dizer a minha opinião sobre o que você me pediu.

— Com prazer — disse Anselmo —, diga o que for necessário.

E Lotário prosseguiu dizendo:

— Parece-me, Anselmo, que o seu juízo vai tão desencaminhado e tão fora de tudo o que é razoável, que temo não conseguir demonstrar-lhe o absurdo da sua vontade. Você não me disse que preciso seduzir uma recatada, persuadir uma honesta, aliciar uma prudente? Isso você me disse! Pois se você sabe que possui uma mulher recatada, honesta e prudente, o que então está procurando? Se Camila resistir a minhas investidas, como sem dúvida resistirá, em que ela será melhor do que é agora? Se Camila é tão virtuosa como nós acreditamos, essa experiência é desnecessária, uma vez que, depois de feita, sua esposa ficará com a mesma estima de antes. Assim, é claro como a luz do sol que tentar coisas que mais podem nos trazer danos do que proveitos é próprio da loucura.

Anselmo escutava com atenção, e Lotário continuou:

— Você me tem por amigo e quer tirar-me a honra, coisa que é contra toda a amizade. Quando Camila perceber que a estou seduzindo, ela vai me considerar um homem sem honra e maldoso. Ela também deverá pensar que deu oportunidade para o meu atrevimento e se julgará desonrada. Veja, Anselmo, o perigo que será perturbar o sossego em que a sua boa esposa vive; observe como é vã e impertinente a curiosidade pela qual você deseja revirar os humores que agora estão tranquilos no peito de sua casta esposa. Avalie que, com essa aventura, o que você tem a perder é muito e o que tem a ganhar é pouco.

Depois de dizer isso, calou-se o virtuoso e prudente Lotário. Anselmo ficou confuso e pensativo e, por um bom espaço de tempo, nada pôde responder. Por fim, ele disse:

— Eu escutei com atenção o que você me disse, amigo Lotário, e percebi a sua inteligência e o tamanho da sua verdadeira amizade. Assim, eu entendo que, se eu não seguir o seu conselho e for atrás do meu, eu estarei fugindo do bem e correndo atrás do mal. Considere, porém, que eu sofro agora da mesma doença que acomete algumas pessoas que têm desejos de comer terra, gesso, carvão e outras coisas piores, asquerosas de olhar, quanto mais de comer. Portanto, é preciso empregar algum artifício para que eu me cure, e isso poderia acontecer com facilidade... Bastaria que você começasse, ainda que suavemente, a seduzir Camila. Ela não será fraca a ponto de deitar por terra tão rapidamente a sua honestidade. Com isso, eu ficarei contente e você terá cumprido o que deve à nossa amizade, não somente dando-me a vida, mas persuadindo-me de não me ver desonrado. E você está obrigado a fazer isso por uma única razão, pois, estando eu determinado a pôr em prática essa experiência, você não pode aceitar que eu compartilhe essa minha loucura com outra pessoa, o que colocaria em risco a honra que você não deseja que eu perca. Além disso, pouco ou nada importa o que Camila pensará de você, pois, confirmando nela a honestidade que esperamos, você poderá contar-lhe a pura verdade do nosso artifício.

Lotário, percebendo a resoluta vontade de Anselmo e o perigo que seria o amigo confiar a outro aquela missão, decidiu fazer o que lhe era pedido com o propósito de satisfazer Anselmo sem que Camila desconfiasse de alguma coisa. Anselmo abraçou-o calorosamente e agradeceu-lhe o grande favor. Os dois combinaram que começariam a obra já no dia seguinte. Anselmo disse a Lotário que lhe daria dinheiro e joias para que ele presenteasse Camila e contou que facilitaria para que Lotário e sua esposa ficassem a sós.

Anselmo foi embora contente, e Lotário foi para sua casa, onde ficou pensativo, sem saber de que maneira conduzir aquele impertinente negócio. Naquela noite, contudo, ele pensou em um modo de enganar Anselmo sem ofender Camila e, no dia seguinte, foi almoçar com seu amigo.

Depois do almoço, Anselmo pediu a Lotário que ficasse ali com Camila enquanto ele resolvia um negócio urgente na cidade. Ele também pediu a Camila que não deixasse Lotário sozinho durante sua ausência. De fato, ele soube fingir tão bem a necessidade de sair, que ninguém poderia dizer que se tratava de fingimento. Foi-se Anselmo, e ficaram a sós à mesa Camila e Lotário, porque todos os criados haviam se retirado para almoçar. Lotário, então, viu-se na situação que seu amigo tanto desejava e diante de um inimigo que, só com sua formosura, venceria um esquadrão de cavaleiros armados.

Mas o que o pobre Lotário fez foi apoiar o cotovelo no braço da cadeira e a mão aberta na bochecha, dizendo a Camila que gostaria de repousar um pouco. Ela lhe disse que seria melhor ele descansar em um local mais confortável e pediu-lhe que fosse para a sala se deitar. Lotário recusou educadamente e ficou ali dormindo até a volta de Anselmo, que, ao encontrar Camila em seu aposento e Lotário dormindo, pensou que os dois haviam tido tempo para conversar e até para dormir.

Quando Lotário despertou, os dois logo saíram da casa e Anselmo perguntou sobre o que tanto desejava saber. Lotário respondeu que não lhe parecera correto se entregar todo da primeira vez, dessa forma ele não fizera mais do que elogiar a beleza de Camila dizendo-lhe que em toda a cidade não se falava de outra coisa senão de sua formosura e graciosidade, e que isso era um bom começo para ir ganhando a sua confiança até que ela o escutasse com gosto. Anselmo aprovou a ideia e disse que todos os dias daria a Lotário a mesma ocasião, mesmo que não saísse de casa, pois inventaria desculpas que não deixariam Camila desconfiada.

Assim, passaram-se muitos dias em que, sem que Lotário dissesse qualquer coisa a Camila, ele contava a Anselmo que tentava seduzi-la, mas que não conseguia arrancar dela nenhum sinal de esperança.

— Está bem — disse Anselmo. — Até aqui Camila resistiu às palavras, agora é preciso verificar se ela pode resistir às obras.

Amanhã eu lhe darei dois mil escudos de ouro para que você os ofereça a ela, e mais dois mil para que compre joias para presenteá-la. As mulheres gostam muito, ainda mais quando são belas, de andar bem-vestidas e elegantes. Assim, se Camila resistir a essa tentação, eu ficarei satisfeito e o caso estará encerrado.

Lotário lhe respondeu que, já que havia começado, ele levaria aquela experiência até o fim, ainda que dela saísse cansado e derrotado. No dia seguinte, ele recebeu os quatro mil escudos, e com eles quatro mil confusões, pois não sabia o que dizer para mentir novamente. No fim das contas, ele decidiu dizer a Anselmo que Camila havia resistido às dádivas e aos presentes da mesma maneira que resistira às palavras e que não havia mais motivo para continuar, pois todo aquele tempo se gastava em vão.

Ocorreu que Anselmo, tendo deixado Lotário e Camila a sós, como fizera das outras vezes, foi-se fechar num aposento e, pelo buraco da fechadura, esteve olhando e escutando o que os dois faziam. Durante mais de meia hora, Lotário não disse nada a Camila, e nem diria se ali ficasse um século. Anselmo, então, entendeu que tudo o que seu amigo lhe dissera das respostas de Camila era ficção e mentira. Para confirmar a sua suspeita, ele saiu do aposento, chamou Lotário a um canto e lhe perguntou quais eram as novidades. Lotário lhe respondeu que seria melhor desistir daquele negócio, pois Camila havia lhe tratado tão áspera e rispidamente, que ele não tinha mais ânimo para voltar a lhe dizer coisa alguma.

— Ah, Lotário — disse Anselmo —, tão mal corresponde ao que me deve e ao muito que em você confio! Estive agora mesmo olhando pelo buraco da fechadura e vi que você não disse nada a Camila! O que me faz entender que você não disse nada a ela desde o começo. Por que me engana para que eu não possa realizar o meu desejo?

Anselmo não disse mais nada. Lotário, envergonhado e confuso, abalado em sua honra por ter sido surpreendido em mentira, jurou a Anselmo que, a partir daquele momento, iria realizar tudo sem mentiras. Anselmo acreditou nas juras do amigo e, para dar--lhe mais comodidade e segurança, decidiu se ausentar de sua casa por oito dias, indo à casa de um amigo seu que ficava numa aldeia não muito distante da cidade.

Lá se foi no dia seguinte Anselmo para a aldeia, deixando Camila avisada de que, nos dias em que ele estaria ausente, Lotário viria cuidar da casa e almoçar com ela. Camila ficou aflita, como mulher discreta e honrada, com a ordem que seu marido lhe dava e lhe disse não ficar bem que outra pessoa, em sua ausência, ocupasse a sua cadeira à mesa, e que se ele fazia aquilo por não confiar que ela saberia cuidar da casa, que ele tentasse dessa vez e veria por experiência que ela saberia ajeitar tudo sozinha. Anselmo replicou que aquela era a sua vontade e que ela tinha que lhe obedecer. Camila disse que assim o faria, mesmo contra sua própria vontade.

Anselmo partiu, e, no dia seguinte, Lotário foi a sua casa, onde foi recebido por Camila com amorosa e sincera hospitalidade. Entretanto, Camila evitava ficar a sós com Lotário e mantinha-se sempre rodeada de criados e criadas, especialmente de uma donzela chamada Leonela, de quem ela gostava muito — por terem sido criadas juntas desde meninas na casa de seus pais —, e por isso resolvera levá-la consigo ao se casar com Anselmo. Quando os criados se retiravam para comer, Leonela permanecia ao lado de sua ama, pois tinha ordem para comer antes de todos. Contudo, Leonela nem sempre cumpria a ordem de sua senhora e às vezes os deixava a sós. Lotário, por sua vez, não lhe disse nada nos primeiros dias, pois a honesta presença de Camila, a gravidade do seu rosto e a compostura de sua pessoa eram tão impactantes, que punham freio à língua do rapaz.

Se as virtudes de Camila silenciaram a língua de Lotário, isso redundou em mais danos para os dois, porque, enquanto a língua calava, o pensamento se libertava e contemplava parte por parte todos os extremos de bondade e beleza que Camila possuía, suficientes para enamorar uma estátua de mármore, quanto mais um coração de carne.

Lotário olhava-a em vez de lhe falar e considerava-a digna de ser amada, e essa consideração começou pouco a pouco a ruir o respeito que ele tinha por Anselmo, e mil vezes quis sair da cidade e fugir para onde jamais Anselmo o encontrasse e ele não pudesse ver Camila. Mas Lotário já estava dominado pelo prazer de olhar Camila e era em vão que ele lutava contra isso. Culpava-se dolorosamente e considerava-se um mau amigo. Contudo, depois de muito remoer a sua dor, concluiu que a culpa maior era de Anselmo, que havia planejado tudo aquilo.

Com efeito, a formosura e a bondade de Camila, juntamente com a ocasião que o ignorante marido havia proporcionado, deram com a lealdade de Lotário por terra. No quarto dia da ausência de Anselmo, Lotário começou a galantear Camila, e o fez com tanta vontade e amorosas razões, que a donzela ficou atordoada e não fez mais do que levantar-se de onde estava e entrar no seu aposento sem lhe responder uma palavra. Essa reação, porém, não diminuiu a esperança de Lotário, ao contrário: só fez aumentar a estima dele por Camila.

CAPÍTULO 24

Em que se prossegue a famosa história do curioso impertinente

Camila, percebendo em Lotário o que jamais desconfiara, não sabia o que fazer. Assim, ela ordenou que um criado levasse um bilhete seu para Anselmo, no qual escreveu o seguinte:

Assim como se costuma dizer que nada vale um exército sem general ou um castelo sem castelão, digo eu que muito menos vale a mulher casada e moça sem o seu marido. Eu me acho tão mal sem você que, se não voltar logo, irei encerrar esta espera na casa de meus pais, ainda que deixe a sua sem guardião, pois o que você me deixou, se é que merece ser chamado assim, olha mais pelo interesse dele do que pelo seu. Espero que você entenda, porque eu nada mais direi.

Anselmo recebeu o bilhete e entendeu que Lotário havia começado a agir e que Camila reagia como ele esperava. Contente com as novidades, ele respondeu a Camila que de modo algum saísse de sua casa, porque ele voltaria em breve. Camila ficou surpresa e confusa com a resposta de Anselmo. Se ela ficasse, a sua honestidade corria perigo; se fosse à casa de seus pais, contrariava a vontade de seu marido. Por fim, ela se resolveu pelo pior, que foi ficar, com a intenção de não fugir da presença de Lotário para não dar o que falar a seus criados.

Camila estava preocupada com o que escrevera a seu esposo, pois temia que Anselmo pensasse que ela havia dado alguma liberdade a Lotário. Entretanto, ela entregou-se à sorte e decidiu resistir em silêncio a tudo o que Lotário lhe dissesse. Camila também resolveu não contar mais nada a seu marido e até pensava em alguma explicação amena para quando Anselmo lhe perguntasse o que a levara a lhe escrever aquele bilhete. Com esses pensamentos honrados, Camila esteve, no dia seguinte, a escutar Lotário, que investiu com tanta firmeza, que a resistência de Camila começou a vacilar. Ela lutou bastante para esconder a amorosa compaixão que as lágrimas e as palavras de Lotário haviam despertado em seu peito.

Lotário, por sua vez, entendeu que era necessário apertar o cerco àquela fortaleza e, assim, passou a louvar a beleza de Camila, pois não há nada que faça ceder mais rápido as encasteladas torres da vaidade das mulheres belas do que a própria vaidade. Lotário foi avançando com tanto cuidado que, ainda que Camila fosse toda de bronze, ela viria por terra. Ele chorou, implorou, ofereceu e elogiou com tanto sentimento, que abateu as defesas de Camila e conquistou o que tanto desejava.

Rendeu-se Camila, Camila se rendeu... Apenas Leonela soube da fraqueza de sua senhora, porque os dois novos amantes não souberam esconder o ocorrido. Lotário não quis revelar a Camila o plano de Anselmo, pois temia que ela considerasse que o seu amor não era verdadeiro.

Anselmo voltou dali a dois dias e foi logo à casa de Lotário. Os dois abraçaram-se e Anselmo perguntou pelas novidades de sua vida ou de sua morte.

— A novidade que posso contar, amigo Anselmo — disse Lotário —, é a de que você tem uma mulher que pode ser exemplo e coroa de todas as mulheres boas. As palavras que eu disse a Camila foram levadas pelo vento, os presentes não foram aceitos e de algumas fingidas lágrimas minhas ela zombou. Assim como em Camila vive toda a beleza, nela também vivem a honestidade e o recato. Pegue de volta o seu dinheiro, amigo, pois não houve necessidade de usá-lo. Fique satisfeito, Anselmo, e não tente fazer mais provas!

Anselmo ficou contentíssimo com as palavras de Lotário e nelas acreditou como se tivessem sido ditas por algum oráculo. Nisso aconteceu que, achando-se sozinha com Leonela, Camila lhe disse:

— Estou envergonhada, amiga Leonela, de ver como eu não soube me estimar e me entreguei tão rápido a Lotário. Temo que ele despreze essa minha ligeireza em cair em seus braços.

— Não fique aflita por isso, minha senhora — disse Leonela —, pois não é motivo para aflição entregar-se o que se entrega rapidamente se o que se entrega é bom e digno de ser estimado. E até se costuma dizer que quem dá logo, dá duas vezes.

— Também se costuma dizer — disse Camila — que o que custa pouco é menos estimado.

— Esse dito não vale para você — disse Leonela —, porque o amor, segundo ouvi dizer, algumas vezes voa e outras vezes caminha; para alguns corre e, para outros, anda devagar. Não deixe que esses pensamentos penosos assaltem a sua imaginação. Em vez disso, assegure-se de que Lotário a estima como você a ele e viva com satisfação esse laço amoroso.

Camila percebeu que Leonela era mais prática nas coisas do amor do que parecia, e isso a criada confessou, revelando a sua senhora que mantinha amores com um jovem da mesma cidade. Camila preocupou-se, pois temeu que aquele poderia ser o caminho de sua desonra. Camila perguntou-lhe se as conversas que Leonela mantinha com o jovem tratavam desse tipo de assunto, e a criada, com pouca vergonha e muita desenvoltura, respondeu que tratavam, sim.

Camila não pôde fazer outra coisa senão implorar a Leonela que não dissesse nada ao seu jovem amante sobre o que ocorria entre ela e Lotário. Ela também pediu a Leonela que tratasse de seu assunto em segredo, para que a notícia não chegasse aos ouvidos de Anselmo nem de Lotário. Leonela prometeu que assim faria, mas cumpriu a promessa de uma maneira que confirmou o temor de Camila. A desonesta e atrevida Leonela, depois de saber que as atitudes de sua ama não eram nada exemplares, atreveu-se a levar para dentro da casa o seu amante, com a certeza de que, ainda que sua senhora o visse, não ousaria repreendê-la. Esse é, entre outros, o dano que os pecados das senhoras provocam. Elas se tornam escravas de suas próprias criadas e são obrigadas a encobrir suas desonestidades e vilezas. Camila, então, vendo muitas vezes que Leonela estava com seu amante em seu aposento, não só não ousava repreendê-la, mas a ajudava para que o jovem não fosse visto por seu marido.

Certa manhã, porém, Lotário o viu sair ao amanhecer. Sem saber do que se tratava, pensou primeiro que devia ser um fantasma, mas, quando o viu caminhar e encobrir-se com um capuz, Lotário pensou que aquele homem havia entrado na casa por Camila e não por Leonela. Aliás, ele nem se lembrou de que havia uma Leonela no mundo: só pensou que Camila, da mesma maneira que havia sido fácil e ligeira com ele, era também com outro. Cego de raiva e ciúme, e ansioso para se vingar de Camila, Lotário foi procurar Anselmo e lhe disse:

— Saiba, Anselmo, que há muitos dias venho lutando comigo mesmo para não precisar lhe dizer o que já não é possível calar. Saiba que a fortaleza de Camila já está rendida e submissa a tudo aquilo que eu quiser fazer com ela. Eu demorei em lhe revelar a verdade porque pensei que ela lhe revelaria tudo. Entretanto, notando que ela nada disse, eu percebo que são verdadeiras as promessas que ela me fez de se encontrar comigo no aposento em que você guarda os seus luxuosos tapetes. Assim, como você sempre seguiu os meus conselhos, faça o que eu vou lhe dizer. Finja que sairá de casa por dois ou três dias, como já fez outras vezes, e dê um jeito de ficar escondido no aposento, pois os tapetes que estão ali poderão encobri-lo com muita facilidade. Dessa forma, você verá com os seus próprios olhos o que Camila deseja.

Anselmo ficou estarrecido com as palavras de Lotário, porque o atingiram quando ele menos esperava, no momento em que ele tinha Camila como vencedora das fingidas investidas de Lotário e que ele próprio gozava a glória da vitória. Depois de um longo tempo calado e olhando para o chão, Anselmo disse:

— Você fez o que eu esperava da sua amizade, querido Lotário, por isso eu vou seguir o seu conselho. Eu peço que você me prometa que guardará em segredo o caso da minha desonra.

Lotário prometeu e afastou-se do amigo. Em pouco tempo, ele já estava arrependido de tudo o que havia dito e da maneira como havia agido. Poderia ele mesmo tomar vingança de Camila, e não ter optado por um caminho tão cruel e desonrado. Desesperado, ele não sabia que rumo tomar para desfazer o que havia feito. Por fim, decidiu contar tudo a Camila. Naquele mesmo dia ele a encontrou a sós, mas, assim que o viu, ela começou a dizer:

— Saiba, amigo Lotário, que uma angústia aperta o meu coração e parece que o meu peito vai arrebentar. A ousadia de Leonela chegou a tanto, que toda noite ela recebe um galã nesta casa e fica com ele até o amanhecer. Imagine o que pode pensar quem o vir deixar minha casa em horários tão inusitados! O que me atormenta é não poder castigá-la ou repreendê-la, pois ela sabe de tudo entre nós, e temo que por causa disso venha acontecer algo ruim.

Lotário pensou que aquilo fosse um artifício para fazê-lo acreditar que o homem que tinha visto sair da casa era de Leonela e não de Camila. Contudo, ao vê-la chorar e lhe pedir ajuda, ele acreditou no que ela dizia e se arrependeu ainda mais de ter conversado com Anselmo. Ele disse a Camila para não se afligir, pois arranjaria uma maneira de acabar com a insolência de Leonela. Contou-lhe também o que, motivado pela raiva e pelo ciúme, tinha dito a Anselmo, e como eles haviam combinado que Anselmo se esconderia no aposento dos tapetes para ver por si mesmo a infidelidade da esposa. Lotário pediu-lhe perdão pela loucura e implorou por conselhos para saírem daquele labirinto em que se encontravam.

Camila ficou espantada ao ouvir o que Lotário dizia. Depois de um instante em silêncio, ela disse a Lotário para fazer com que Anselmo se escondesse no aposento logo no dia seguinte, pois ela pensava em tirar proveito daquela situação. Sem contar todo o seu plano a Lotário, Camila pediu que ele tratasse de ir ao aposento quando Leonela o chamasse e que respondesse a tudo como se não soubesse que Anselmo estava escondido. Lotário insistiu para que ela lhe contasse qual era a sua intenção, mas Camila lhe disse:

— Apenas me responda o que eu lhe perguntar.

Camila, na verdade, não queria revelar o seu plano a Lotário, pois temia que ele não concordasse e buscasse outras soluções que não fossem tão boas.

Lotário se foi, e Anselmo, no dia seguinte, com a desculpa de ir àquela aldeia de seu amigo, partiu e voltou para se esconder com aquele sobressalto que domina quem espera ver com os próprios olhos os destroços da sua honra. Camila e Leonela, já certas de que Anselmo estava escondido, entraram no aposento. Camila, depois de um longo suspiro, disse:

— Ai, Leonela! Não seria melhor que, antes que eu chegasse a executar o que eu não desejo revelar, para que não tente me impedir, você pegasse o punhal de Anselmo e trespassasse com ele este meu peito amargurado? Antes eu quero saber o que os olhos atrevidos e desonestos de Lotário viram em mim para que ele se atrevesse a declarar suas más intenções, menosprezando o seu amigo e a minha honra. Vá até a janela, Leonela, e chame por ele, que, sem dúvida, deve estar na rua, esperando para satisfazer o seu desejo infame.

— Ai, minha senhora! — disse a sagaz Leonela. — O que você quer fazer com a adaga? Quer tirar a própria vida ou tirá-la de Lotário? Qualquer uma dessas coisas afetará seu prestígio e fama. O melhor a fazer é não deixar que esse homem ruim entre agora nesta casa e nos encontre a sós. Veja, senhora, que somos frágeis mulheres, e ele é homem e determinado. Como agiu mal o meu senhor Anselmo, que tanta permissão deu em sua casa a esse malfeitor! E depois, senhora, de matá-lo, como eu penso que você deseja fazer, o que faremos com o corpo?

— Deixaremos para que Anselmo o enterre — respondeu Camila —, pois será justo que ele tenha por descanso pôr a própria infâmia debaixo da terra. Chame Lotário de uma vez, que todo o tempo que demoro em tomar a devida vingança parece que ofendo a lealdade que devo ao meu esposo.

Tudo isso escutava Anselmo, e, a cada palavra que Camila dizia, os seus pensamentos mudavam. Quando ele entendeu que ela estava decidida a matar Lotário, quis sair para evitar uma tragédia, mas o desejo de ver até onde iria a honesta resolução de sua esposa deteve-o. Assim, ele decidiu ficar e sair a tempo de impedi-la.

Nisso Camila foi tomada por um forte desmaio, e Leonela, jogando-se numa cama, começou a chorar muito e a dizer:

— Ai de mim! Eu seria muito desventurada se morresse entre os meus braços a flor da honestidade do mundo, a coroa das boas mulheres, o exemplo de castidade!

Quando Camila despertou de seu desmaio, ela disse a Leonela:

— Por que não vai chamar Lotário? Vá, corra, não deixe que o fogo da minha cólera se abafe e a justa vingança que desejo fique apenas em ameaças.

— Já vou chamá-lo, minha senhora — disse Leonela —, mas antes me entregue essa adaga para que não faça nenhuma besteira e deixe chorando todos que a amam.

— Vá segura, Leonela, que eu nada farei — disse Camila.

Leonela se foi e, enquanto esperava sua volta, Camila ficou dizendo, como que falando consigo mesma:

— Valha-me Deus! Não seria melhor mandar Lotário embora, como outras vezes fiz, para que não me julguem desonesta e má? Seria melhor, sem dúvida, mas eu não ficaria vingada, nem a honra do meu marido desagravada. Pague o traidor com a vida! Que o mundo saiba que Camila não só honrou a lealdade a seu esposo, como se vingou de quem se atreveu a ofendê-lo. Ainda assim, penso que teria sido melhor ter contado tudo a Anselmo, como comecei a fazer naquele bilhete que enviei à aldeia. Acredito que ele não se preocupou muito com o problema que lhe apontei porque, em sua bondade e confiança, não pôde acreditar que no peito do seu grande amigo coubesse qualquer tipo de pensamento contra a sua honra. Eu mesma não acreditei por muitos dias, e jamais acreditaria, não fosse a insolência de Lotário se manifestar em lágrimas e juras de amor. Mas para que eu faço agora estes discursos? Por acaso uma decisão valente precisa de algum conselho? Não, por certo. Fora, pois, traidores!

Camila andava pelo aposento com a adaga em punho. Anselmo assistia a tudo e lhe parecia suficiente o que tinha visto e ouvido. Ele temia que a chegada de Lotário pudesse terminar em desgraça. Quando Anselmo estava pronto para sair e se manifestar, para abraçar e glorificar sua esposa, ele se deteve, porque viu que Leonela voltava trazendo Lotário pela mão.

CAPÍTULO 25

Em que termina a famosa história do curioso impertinente

Assim que Camila viu Lotário, ela fez com a adaga uma grande risca no chão e lhe disse:

— Lotário, ouça o que eu digo! Se você se atrever a passar dessa risca, eu atravessarei meu peito com esta adaga que tenho nas mãos. Agora, diga-me se você conhece Anselmo, meu marido, e que opinião tem dele; depois, quero saber se você me conhece. Responda-me e não pense muito no que dirá, pois não há dificuldade no que lhe pergunto.

Lotário, desde o momento em que Camila lhe pediu que escondesse Anselmo, já suspeitava do que ela pensava fazer. Assim, ele seguiu o que ela ordenava, e os dois fizeram aquela mentira parecer a mais certa verdade.

— Não pensei, formosa Camila — disse Lotário —, que me chamava aqui para me perguntar coisas tão estranhas. Entretanto, para que você não diga que não respondo às suas perguntas, digo que conheço o seu esposo, Anselmo, desde a infância. E também a conheço bem e a respeito da mesma maneira. Se não fosse assim, por menos qualidades que as suas não haveria eu de ir contra as leis da verdadeira amizade, guiado por tão poderoso inimigo como o amor.

— Se isso você confessa — disse Camila —, como ousa aparecer diante de quem é amada por aquele a quem você deveria respeitar? Diga-me, traidor, quando respondi a suas súplicas com alguma palavra que despertasse em você qualquer esperança de realizar os seus infames desejos? Quando as suas palavras amorosas não foram rejeitadas pelas minhas com rigor e aspereza? Mas, por acreditar que ninguém pode perseverar no desejo amoroso por longo tempo se não for alimentado por alguma esperança, eu quero assumir a culpa da sua impertinência, pois, sem dúvida, algum descuido meu sustentou por tanto tempo o seu cuidado. Assim, eu desejo me castigar e dar a mim a pena que a sua culpa merece, não sem antes levar comigo quem satisfaça o meu desejo de vingança.

Depois de dizer essas palavras, Camila avançou com a adaga em punho contra Lotário, e o fez com tamanha determinação que ele quase duvidou da falsidade daquelas demonstrações. Lotário precisou se desvencilhar para evitar que Camila o acertasse. A donzela fingia tão vivamente aquele estranho embuste, que quis matizá-lo com o próprio sangue, pois, vendo que não podia ferir Lotário, ou fingindo que não podia, disse:

— Como a sorte não quer satisfazer completamente o meu desejo, ao menos não será tão poderosa que me impeça de em parte satisfazê-lo.

E, libertando a mão que empunhava a adaga e que Lotário segurava, guiou sua ponta aonde pudesse se ferir não profundamente, fincando a adaga logo acima da axila esquerda, junto ao ombro, deixando-se cair, como desmaiada.

Leonela e Lotário estavam atônitos vendo Camila caída e banhada em sangue. Lotário correu para ajudá-la e, ao ver que o ferimento era pequeno, tranquilizou-se e ficou admirado com a sagacidade e esperteza da formosa donzela. Para ajudar naquela encenação, Lotário começou a fazer uma longa e triste lamentação sobre o corpo de Camila, como se ela estivesse morta.

Leonela tomou Camila nos braços e a deitou na cama, pedindo conselhos a Lotário sobre o que fazer. Ele lhe disse para estancar o sangue da ferida e lhe avisou que estava partindo para onde ninguém o visse. Assim, demonstrando muita dor e emoção, Lotário deixou a casa e, vendo-se sozinho, não parava de se benzer, maravilhado com a inteligência de Camila e com a astúcia de Leonela. Ele imaginava como Anselmo deveria estar certo de que possuía uma mulher honesta e desejava logo se encontrar com ele para celebrarem juntos a mentira e a verdade de tudo aquilo.

Leonela estancou o sangue da ferida, lavou-a com um pouco de vinho e enfaixou-a o melhor que pôde. Camila despertou e passou a se chamar de covarde e fraca de ânimo, pois não conseguira tirar a própria vida, que ela agora não suportava. Ela pediu conselhos a Leonela sobre se deveria contar aquele episódio a Anselmo, e a criada lhe pediu que não o contasse, pois Anselmo poderia querer se vingar de Lotário, o que seria muito temeroso. Camila lhe disse que iria seguir o seu conselho, mas, ainda assim, elas precisavam inventar o que dizer a Anselmo sobre aquela ferida. Leonela lhe retrucou que era muito ruim em inventar mentiras.

— Eu também, minha amiga — disse Camila —, pois não me atreveria a inventar e sustentar uma mentira, ainda que disso dependesse a minha vida!

— Não fique aflita, minha senhora — disse Leonela. — Até amanhã pensaremos em algo para dizer a Anselmo. Quanto à ferida, por ser onde é, talvez você possa encobri-la sem que ele a veja.

Anselmo acompanhara com muita atenção a encenação da tragédia da morte de sua honra. Ele desejava muito que a noite chegasse logo para ele sair de sua casa e ir se encontrar com seu bom amigo Lotário. Camila e Leonela proporcionaram a situação para que Anselmo saísse, e ele foi rapidamente encontrar-se com Lotário, a quem abraçou a parabenizou pelo que havia feito com Camila. Lotário, contudo, não parecia contente, pois em sua mente se repetia a afirmação de que ele estava enganando injustamente o seu amigo. Anselmo julgou que Lotário não se alegrava por ter sido a causa do ferimento de Camila. Assim, tratou logo de tranquilizar o amigo dizendo que o ferimento não era grave, pois as duas haviam combinado de escondê-lo. Anselmo disse-lhe que, dali em diante, haveria muito do que se alegrar, porque, graças a Lotário, ele agora desfrutava da mais alta felicidade que se poderia desejar.

Dessa forma, Anselmo tornou-se o homem mais saborosamente enganado que o mundo já viu. Ele mesmo levava para sua casa a perdição de sua reputação, embora acreditasse estar levando o instrumento de sua glória. Camila recebia Lotário com o semblante fechado, mas com a alma risonha. Esse engano durou alguns meses, até que, com uma reviravolta do destino, veio a público a maldade com tanto artifício encoberta, e a impertinente curiosidade de Anselmo custou-lhe a vida.

Aconteceu que, tendo certeza da bondade de sua esposa, Anselmo vivia uma vida contente e despreocupada. Para que ele não desconfiasse de nada, Camila continuava tratando Lotário rispidamente. Com o intuito de reforçar a impressão fingida por Camila, Lotário pediu licença a Anselmo para deixar de frequentar a casa, pois era claro que a sua presença incomodava Camila. Entretanto, o marido enganado pediu que de maneira alguma Lotário fizesse isso. Assim, Anselmo era o próprio motivador de sua desonra, acreditando agir em nome de sua felicidade.

Nesse tempo, a criada Leonela entregou-se ainda mais aos seus amores, confiante de que sua senhora a acobertaria. Certa noite, Anselmo ouviu passos no aposento de Leonela e, querendo entrar para ver quem era, sentiu que seguravam a porta, o que aumentou ainda mais a sua vontade de abri-la. Ele fez tanta força, que abriu a porta e entrou a tempo de ver um homem saltando pela janela. Anselmo correu para alcançá-lo ou tentar reconhecê-lo, mas Leonela se abraçou a ele dizendo-lhe:

— Sossegue, meu senhor, não é preciso se alvoroçar nem seguir quem saiu daqui. Isso é coisa minha. Ele é meu amante.

Anselmo não acreditou e, cego de ódio, sacou o punhal e quis ferir Leonela, ordenando-lhe que lhe dissesse a verdade. Ela, com medo e atordoada, disse-lhe:

— Não me mate, senhor! Eu lhe contarei coisas mais importantes do que você pode imaginar!

— Conte-as logo! — ordenou Anselmo.

— Agora é impossível — disse Leonela —, pois estou fora de mim. Espere até amanhã e então você ficará sabendo o que eu tenho para contar.

Anselmo tranquilizou-se com as palavras de Leonela e decidiu aguardar até a manhã seguinte. Embora estivesse curioso, Anselmo sequer desconfiava que pudesse ouvir alguma coisa contra Camila, pois estava completamente seguro de sua decência. Ele deixou Leonela trancada no aposento e lhe disse que ela não sairia dali até que lhe dissesse o que tinha para dizer.

Em seguida, Anselmo procurou Camila e lhe contou tudo o que havia se passado no aposento de Leonela. Camila ficou aterrorizada, pois logo deduziu que Leonela contaria a Anselmo tudo o que sabia sobre o seu caso com Lotário. Camila não esperou para ver se a sua suspeita era verdadeira ou não e, naquela mesma noite, quando lhe pareceu que Anselmo dormia, juntou as melhores joias que tinha, mais algum dinheiro, e foi à casa de Lotário, a quem contou o que se passava. Camila lhe pediu que a escondesse em algum lugar ou que os dois fugissem para onde estivessem a salvo de Anselmo. Lotário, confuso e assustado, não sabia o que fazer.

Enfim, ele decidiu levar Camila a um mosteiro em que uma irmã sua era abadessa. Camila aceitou e, com a ligeireza que o caso pedia, Lotário a levou ao mosteiro. Em seguida, ele se ausentou da cidade sem avisar ninguém sobre a sua ausência.

Quando amanheceu, sem perceber que Camila havia partido, tamanha era a sua curiosidade em saber o que Leonela queria lhe dizer, Anselmo foi até o aposento da criada, mas não a encontrou. Ele achou apenas alguns lençóis amarrados à janela, indício e sinal de que ela por ali descera e se fora. Preocupado, Anselmo voltou ao seu aposento com a intenção de contar a Camila o que havia acontecido, mas não a encontrou na cama e em nenhum lugar da casa. Assombrado, perguntou por ela aos criados, mas ninguém soube lhe responder.

Procurando por Camila, Anselmo deparou-se com os cofres abertos. Subitamente ele percebeu que a causa de sua desgraça não era Leonela, e sim sua querida esposa. Triste e pensativo, sem mesmo acabar de se vestir, ele correu a contar a seu amigo Lotário a sua desventura. Quando os criados de Lotário disseram-lhe que o amigo havia partido naquela noite levando todo o dinheiro que tinha, Anselmo pensou perder o juízo.

Ele não sabia o que pensar, o que dizer nem o que fazer. Em um instante ele se viu sem mulher e sem amigo, desamparado do céu que o cobria, e sobretudo sem honra, porque na falta de Camila viu sua perdição.

Anselmo decidiu ir até a aldeia do seu amigo, onde estivera por alguns dias. Fechou as portas de sua casa, montou no cavalo e, abatido, pôs-se a caminho. Ele não havia andado muito quando, atormentado por seus pensamentos, foi-lhe forçoso apear e amarrar seu cavalo a uma árvore, ao pé da qual se deixou cair, dando dolorosos suspiros. Pouco depois, Anselmo notou que vinha um homem a cavalo da cidade, e, depois de cumprimentá-lo, perguntou-lhe que novidades trazia de Florença. O homem lhe respondeu:

— As mais estranhas notícias em muito tempo! Dizem publicamente que Lotário, aquele grande amigo de Anselmo, o rico, levou esta noite Camila, mulher de Anselmo, que também desapareceu. Tudo isso contou uma criada de Camila, que ontem à noite foi encontrada por um oficial descendo por uns lençóis da janela da casa de Anselmo. Eu não sei exatamente como aconteceu o caso, só sei que a cidade toda está admirada, porque ninguém esperava semelhante coisa da amizade dos dois, que eram chamados "os dois amigos".

— Você sabe o caminho que Lotário e Camila seguiram? — perguntou Anselmo.

— Não faço ideia — disse o homem.

— Vá com Deus, senhor — disse Anselmo.

— Fique com ele — respondeu o homem e se foi.

Depois de ouvir tais notícias, Anselmo esteve a ponto de tirar a própria vida. Levantou-se como pôde e chegou à casa de seu amigo, que ainda não sabia de sua desgraça, mas, vendo-o chegar amarelo, consumido e seco, entendeu que algo grave havia acontecido. Anselmo logo pediu que o deitassem e que lhe trouxessem algo para escrever. Assim fizeram, e Anselmo pediu para ficar sozinho. No auge de sua desventura, ele percebeu que a vida lhe estava fugindo e decidiu registrar a causa de sua estranha morte. Antes que acabasse de escrever tudo o que queria, faltou-lhe força e Anselmo deixou a vida nas mãos da dor que lhe causou sua curiosidade impertinente.

O dono da casa, vendo que já era tarde e que Anselmo não chamava, resolveu entrar no aposento para saber o que se passava. Ele encontrou Anselmo caído, metade do corpo na cama e a outra metade sobre a escrivaninha, onde estava um papel escrito e aberto. Ao aproximar-se e tocar em sua mão, o dono da casa percebeu que Anselmo estava morto. Espantado, ele chamou as pessoas da casa para que vissem a desgraça de Anselmo e, em seguida, leu o papel, que continha estas palavras:

Um estúpido e impertinente desejo me tirou a vida. Se a notícia de minha morte chegar ao ouvido de Camila, saiba que a perdoo, porque ela não estava obrigada a fazer milagres, nem eu tinha necessidade de querer que ela os fizesse; e como eu fui o causador de minha desonra, não há por que…

Até aqui escreveu Anselmo, por onde se vê que, naquele ponto, sem poder terminar de escrever, acabou-se lhe a vida. No dia seguinte, o amigo de Anselmo deu a notícia de sua morte aos seus parentes, que já sabiam de sua desgraça. A notícia correu rápido e chegou até o mosteiro onde Camila, mais pela ausência do amante do que pela morte do esposo, sofria a ponto de quase morrer. Diz-se que, vendo-se viúva, não quis sair do mosteiro nem tornar-se freira. Dali a muitos dias, chegaram-lhe notícias de que Lotário havia morrido numa batalha que naquele tempo deu *Monsieur* de Lautrec ao Grande Capitão Gonzalo Fernández de Córdoba no reino de Nápoles. Depois disso, em poucos dias a vida de Camila terminou nas rigorosas mãos da tristeza e da melancolia. Foi esse o fim que tiveram todos, nascido de um tão desatinado princípio.

CAPÍTULO 26

Em que o engenhoso fidalgo vive uma nova aventura na estalagem e disputa outra vez o elmo de Mambrino

— Muito boa me parece esta novela — disse o padre —, mas não posso acreditar que isso seja verdade. E se é fingido, fingiu mal o autor, pois não se pode imaginar que exista um marido tão palerma que queira fazer uma experiência tão custosa como fez Anselmo. Se o caso ocorresse entre um galã e uma dama, talvez eu pudesse acreditar, mas entre marido e mulher, parece-me impossível. Quanto ao estilo do narrador, não me desagrada.

Depois da leitura, todos se preparavam para dormir quando Dom Quixote despertou e decidiu fazer a guarda do castelo (novamente o fidalgo acreditava que a estalagem era um castelo) para que não fossem atacados, durante a noite, por algum gigante ou cavaleiro mal-intencionado. Assim, Dom Quixote montou em Rocinante e começou a ronda.

Maritornes, a criada, e a filha do estalajadeiro, notando que Dom Quixote rondava a estalagem, decidiram pregar uma peça no cavaleiro andante. Saíram pela única janela aberta, e a filha do estalajadeiro pediu que Dom Quixote se aproximasse. O fidalgo, ao ouvir a voz que o chamava, concebeu em sua louca imaginação que, como da outra vez, a formosa donzela, filha da senhora daquele castelo, voltava a solicitar o seu amor. Para não se mostrar descortês e ingrato, Dom Quixote volteou as rédeas de Rocinante e se aproximou da janela.

— Formosa donzela — disse Dom Quixote —, eu compreendo as suas amorosas intenções, assim como entendo o seu grande valor e gentileza, mas não posso corresponder a esse chamado, pois tenho que ser fiel à minha senhora Dulcineia d'El Toboso. Perdoe-me, boa senhora, e recolha-se ao seu aposento. Caso precise de mim para qualquer outra coisa, basta me pedir, pois eu seria capaz de lhe dar os raios de sol!

— Minha ama não precisa de tanto assim — disse Maritornes —, ela quer apenas tocar as suas valorosas mãos. Apenas isso já a faria feliz.

Maritornes, percebendo que Dom Quixote gentilmente lhes daria a mão que pediam, correu até a estrebaria, apanhou uma corda e, com muita presteza, voltou à janela, no momento em que Dom Quixote se punha de pé sobre a sela de Rocinante para alcançar a janela e dar a mão à donzela.

— Tome, senhora, esta mão, que não tocou a mão de mulher alguma, nem sequer a mão daquela a quem pertenço. Não a dou para que a beije, mas para que admire a contextura dos seus nervos, o desenho dos seus músculos, a largura de suas veias e perceba o quanto deve ser forte o braço que tem uma mão como esta.

— Então vamos ver! — disse Maritornes.

Dom Quixote estendeu a mão, e Maritornes prendeu-a com a corda amarrando fortemente a outra ponta no ferrolho da porta do aposento. O fidalgo, ao sentir a aspereza da corda em seu pulso, disse:

— Não trate a minha mão tão mal! Não precisa se vingar do seu desejo não correspondido em uma parte tão pequena do meu corpo!

Mas ninguém o escutava, porque Maritornes e a filha do estalajadeiro já haviam partido, mortas de rir, deixando Dom Quixote amarrado, de pé sobre Rocinante, com o braço metido na janela. O cavaleiro não podia se mover, pois, se Rocinante se assustasse, ele ficaria pendurado pela mão. Dom Quixote não teve dúvidas de que se tratava de encantamento, como da vez anterior, quando, naquele mesmo castelo, fora moído a pancadas por um mouro encantado. O fidalgo desejou como nunca possuir a espada de Amadis — contra a qual nenhum encantamento tinha poder —, evocou a sua querida Dulcineia d'El Toboso e chamou por seu bom escudeiro Sancho Pança, que, desmaiado no sono, não se lembrava naquele momento nem da mãe que o tinha parido.

Quando amanhecia, chegaram à estalagem quatro viajantes a cavalo. Como os portões ainda estavam fechados, eles chamaram aos gritos o estalajadeiro. Dom Quixote, que ainda estava de sentinela, disse com voz arrogante:

— Cavaleiros, escudeiros ou seja lá quem for, neste castelo os portões são abertos apenas quando o sol deita os seus raios por todo o chão. Esperem que clareie o dia e então veremos se é justo ou não que vocês entrem.

— Que diabo de castelo é esse? — perguntou um dos viajantes. — Se você é o dono da estalagem, ordene que abram os portões, pois somos viajantes e estamos com pressa.

— E tenho eu porte de estalajadeiro, cavaleiro? — perguntou Dom Quixote.

— Não sei do que tem porte — respondeu o viajante —, mas sei que está dizendo loucuras ao chamar essa estalagem de castelo.

Um dos cavalos dos viajantes aproximou-se para cheirar Rocinante, que, melancólico e triste, com as orelhas caídas, sustentava Dom Quixote sem se mover. Rocinante não pôde ficar impassível e quis devolver a gentileza ao companheiro que o cumprimentava. Ao seu mínimo movimento, os pés de Dom Quixote escorregaram da sela, ficando o cavaleiro suspenso pelo braço e sentindo muita dor.

Dom Quixote começou a praguejar aos quatro cantos do mundo. Foram tantos os gritos que os portões se abriram e vieram socorrê-lo.

— O que aconteceu, meu senhor? — perguntou Sancho Pança.

Dom Quixote, vendo-se livre da corda e se recompondo, respondeu:

— Se alguém ousar dizer que fui vítima de encantamento, pedirei permissão à princesa Micomicona, a quem protejo, e desafiarei o linguarudo para uma singular batalha!

Os viajantes ficaram espantados com aquelas palavras, mas o estalajadeiro tratou de explicar que Dom Quixote estava ruim dos miolos. Nesse momento, para aumentar a confusão, chegou também à estalagem o barbeiro de quem Dom Quixote tomara o elmo de Mambrino. Ao ver ali o cavaleiro da Triste Figura e seu escudeiro, o barbeiro gritou:

— Ladrões! Quero a minha bacia de volta!

Sancho, assustado com os insultos que lhe dizia o barbeiro,

não pensou duas vezes e acertou-lhe um murro que banhou os dentes do homem em sangue. O barbeiro, ensanguentado, gritava:

— Socorro! Esse ladrão quer me matar!

—Mentira! — disse Sancho. — Não sou ladrão nem assassino! O meu senhor conquistou a bacia em uma batalha leal!

Dom Quixote ficou satisfeito ao notar a bravura com que Sancho defendia os seus pertences e chegou a jurar si mesmo armá-lo cavaleiro na primeira ocasião que se oferecesse. O fidalgo aproximou-se dos dois e disse:

— Para que todos vejam como está enganado esse homem, que chama de bacia o que foi, é e será o elmo de Mambrino, o qual conquistei em bom combate, vá, Sancho, e traga aqui o elmo para servir de confirmação.

Sancho obedeceu e voltou rapidamente.

— Observem, senhores, e digam se isso é ou não é uma bacia! — disse o barbeiro.

— Se alguém afirmar que não se trata do elmo, eu mostrarei que mente! — disse Dom Quixote.

Ninguém duvidou de que aquilo não passava de uma bacia vulgar. Mas o barbeiro Nicolás, amigo do padre, querendo levar a zombaria adiante, para o riso de todos, disse:

— Senhor barbeiro, fique sabendo que eu exerço a mesma profissão que você há mais de vinte anos! E também fui, por algum tempo, soldado em minha mocidade. Por isso também conheço sobre elmos e capacetes. E posso garantir, com toda a certeza, que isso é um elmo, embora pela metade...

— Você só pode estar de brincadeira! — disse o barbeiro.

Dom Fernando, para amenizar as coisas, propôs realizarem

uma votação. Todos já tinham entendido se tratar de uma gozação e votaram muito sérios. O resultado foi unânime: aquilo era um elmo. Só faltou ao barbeiro arrancar os cabelos de tanta indignação. Contudo, haviam chegado à porta da estalagem quatro quadrilheiros da Santa Irmandade, que assistiram àquela votação delirante. Um deles não se conteve e protestou dizendo:

— Isso é uma bacia assim como sou filho do meu pai! Quem disse outra coisa deve estar mais bêbado do que um gambá!

— Mente como um vilão safado! — disse Dom Quixote.

Zangado, o fidalgo tentou acertar uma pancada na cabeça do quadrilheiro, mas o homem desviou a tempo. Armou-se uma terrível confusão. A estalajadeira gritava, Maritornes chorava, Doroteia e Lucinda estavam confusas. A estalagem inteira era vozes, choros, gritos, bofetadas e pontapés. No meio do tumulto, um dos quadrilheiros reconheceu Dom Quixote como o cavaleiro procurado por libertar um bando de prisioneiros condenados às galés, e então gritou:

— O senhor está preso em nome da Santa Irmandade!

O padre cuidou logo de convencer os quadrilheiros de que Dom Quixote não era um criminoso, mas um homem bem-intencionado a quem os livros de cavalaria tinham desconcertado o juízo. Os quadrilheiros concordaram, não sem antes propor uma solução para a briga entre Sancho e o barbeiro. Assim, o padre pagou ao barbeiro, sem que Dom Quixote percebesse, a quantia de oito reais pela bacia de latão.

CAPÍTULO 27

Sobre a singular aventura com os penitentes e o retorno à aldeia

Vendo-se livre, Dom Quixote decidiu que seria melhor seguir a sua viagem e dar fim àquela grande aventura para a qual fora chamado e escolhido, e assim se pôs de joelhos diante de Doroteia, que não permitiu que o fidalgo dissesse qualquer palavra enquanto não se levantasse. Ele, obedecendo-a, ficou de pé e lhe disse:

— Parece-me, preciosa senhora, que nossa estada neste castelo já é sem proveito. É importante evitar que o gigante nosso inimigo venha a se fortificar em alguma inexpugnável fortaleza contra a qual de nada valerá a força do meu incansável braço.

— Agradeço, nobre cavaleiro — disse Doroteia fingindo seriedade —, o grande desejo que mostra de me ajudar. Podemos partir, pois a minha vontade não é diferente da sua.

O padre e o barbeiro, percebendo naquilo uma grande oportunidade, buscaram um modo de, sem que Doroteia e Dom Fernando precisassem voltar com Dom Quixote a sua aldeia — mas ainda sustentando a história da libertação da princesa Micomicona — pudessem levá-lo até sua terra e resolver ali o problema de sua loucura.

Assim, contrataram um carreteiro de bois, que passava por ali, para transportá-lo. Em seguida, construíram uma jaula de paus cruzados, grande o bastante para nela caber folgadamente Dom Quixote. Com a ajuda do estalajadeiro e dos quadrilheiros, todos disfarçados e com os rostos cobertos, entraram silenciosamente no aposento onde o cavaleiro dormia e amarraram-lhe as mãos e os pés. Quando acordou sobressaltado, Dom Quixote imaginou que aquelas figuras fossem fantasmas daquele castelo encantado, e que ele próprio estivesse enfeitiçado, pois não podia se mexer nem se defender. Logo depois, puseram o fidalgo na jaula e pregaram as estacas. Disfarçando a voz de um jeito medonho, o barbeiro Nicolás disse:

— Não se aborreça com essa prisão, Cavaleiro da Triste Figura! Tudo se encaminha para um final grandioso. As suas aventuras serão coroadas com o matrimônio do bravo leão de La Mancha com a branca pombinha de El Toboso. E você, nobre e obediente escudeiro, não fique infeliz por ver o seu senhor aprisionado dessa maneira. Todos os seus desejos serão satisfeitos, graças aos sábios da Mentirolândia!

Dom Quixote consolou-se com a tal profecia, pois finalmente iria se casar com sua querida Dulcineia d'El Toboso. Ele deu um grande suspiro, ergueu a voz e disse:

— Você, que profetiza coisas tão agradáveis, eu lhe suplico que peça ao sábio encantador para não me deixar nesta prisão por muito tempo... Que se cumpram logo as alegres e incomparáveis promessas! Quanto a Sancho Pança, meu fiel escudeiro, por sua bondade e bom proceder, sei que não me abandonará neste momento difícil. Os salários dele já estão garantidos no meu testamento.

Sancho, emocionado, inclinou-se e beijou as mãos amarradas de seu amo. A jaula foi levada até o carro de bois. O padre pediu aos quadrilheiros que os acompanhassem mediante pagamento, enquanto Cardênio disse para Sancho montar em seu asno e levar Rocinante pelas rédeas. O padre e seu amigo barbeiro aproveitaram para se despedir de Dom Fernando, Cardênio, Lucinda e Doroteia. Todos se abraçaram e prometeram enviar notícias. Por fim, o padre e o barbeiro, ambos com suas máscaras, para não serem reconhecidos por Dom Quixote, montaram a cavalo e seguiram a marcha dos bois.

À frente ia o carro, guiado por seu dono; dos lados do carro iam os quadrilheiros com suas espingardas; logo atrás seguia Sancho Pança e, por último, o padre e o barbeiro. Dom Quixote, em silêncio, ia sentado na jaula com as mãos e os pés amarrados.

Caminharam cerca de duas léguas até chegarem a um vale que entenderam ser um local apropriado para descansar e se alimentar. O carreiro, então, libertou os bois para que pastassem. Sancho pediu ao padre que deixasse seu amo sair um pouco da jaula, pois, caso contrário, a jaula não se manteria tão limpa como exigia a decência de um cavaleiro da importância de Dom Quixote. O padre entendeu o que Sancho queria dizer e disse que de muito bom grado permitiria, desde que Dom Quixote desse a sua palavra de cavaleiro de que não iria tentar fugir.

— Está dada — disse Dom Quixote, —, mesmo porque quem está encantado, como eu, não tem liberdade para agir como quiser, pois quem me encantou pode fazer com que eu não saia do lugar por três séculos! Sendo assim, para benefício de todos, é melhor me soltarem, ou terão que aguentar um cheiro abominável.

Assim que o soltaram, Dom Quixote seguiu com Sancho para um lugar afastado, de onde voltou extremamente aliviado. Nisso, ouviram o som de uma trombeta. Todos se voltaram para localizar de onde partia aquele som arrastado e melancólico. Logo perceberam que, por uma ladeira, desciam muitos homens vestidos de branco, à maneira dos penitentes. O caso era que, naquele ano, pouco havia chovido, e as pessoas da região faziam procissões e penitências pedindo a Deus que mandasse chuva. Uma dessas procissões acontecia naquele momento em direção a uma capela que havia no vale, e conduziam a imagem de uma santa coberta de luto.

Aquela cena foi o suficiente para incendiar a imaginação do fidalgo. Ele acreditou que ali seguia uma princesa raptada por tenebrosos bandidos. Assim, pediu a Sancho sua espada, montou em Rocinante e avançou decidido. O padre e o barbeiro não tiveram tempo de detê-lo, e de nada adiantaram os gritos de Sancho. Chegando à procissão, disse Dom Quixote:

— Vocês, que não devem ser flor que se cheire, pois encobrem os rostos, escutem o que vou dizer!

Os penitentes, surpreendidos, pararam sua marcha. Um deles disse:

— Senhor irmão, se tem algo a nos dizer, diga-o logo, porque aqui estamos em penitência e não temos tempo para conversas.

— Eu serei direto: libertem imediatamente essa donzela! O fato de ela estar coberta de preto indica que segue contra a sua vontade — disse Dom Quixote. — Eu, que nasci no mundo para desfazer semelhantes injustiças, não permitirei que deem um só passo adiante sem conceder a liberdade que ela merece.

Ao ouvir essas palavras, os penitentes perceberam que Dom Quixote era um louco varrido e caíram na risada. O cavaleiro, sem dizer mais nada, ergueu a espada e avançou em direção à imagem para libertá-la. Um dos penitentes, num gesto ligeiro, deu com um bastão no ombro de Dom Quixote um golpe tão poderoso que o fidalgo foi ao chão todo estropiado. Sancho correu até seu amo e gritou para o agressor que não o golpeasse mais, pois aquele era um pobre cavaleiro encantado, que não havia feito mal a ninguém em todos os dias de sua vida. O que deteve o homem, porém, não foram os gritos de Sancho, mas o estado lamentável de Dom Quixote, que parecia mesmo ter batido as botas. Assustado, o homem saiu correndo pelo campo.

O padre, o barbeiro e os quadrilheiros também vieram em socorro de Dom Quixote. O padre serenou os ânimos com palavras amigas, enquanto o cavaleiro voltava a si dizendo:

— Ajude-me, Sancho, a entrar de novo na jaula encantada, pois tenho o ombro feito em pedaços.

— Ajudarei de muito bom grado, meu senhor — disse Sancho —, com a condição de que voltemos a nossa aldeia para então prepararmos outra saída que nos seja de maior proveito.

— Muito bem, Sancho — disse Dom Quixote —, será muito prudente deixarmos passar o mau influxo das estrelas, que no momento estão contra mim.

Dom Quixote foi levado novamente ao carro de bois, e a procissão retomou o seu caminho. Os quadrilheiros não quiseram seguir adiante, e o padre lhes pagou o que devia. Assim, restaram o padre, o barbeiro, Dom Quixote e Sancho Pança. O carreiro conduziu os bois e, seis dias depois, chegaram à aldeia. Foi um grande alvoroço. Era um domingo e toda a gente estava na praça. Todos correram para ver quem vinha na jaula. A sobrinha e a governanta de Dom Quixote, ao vê-lo tão fraco e abatido, choraram e amaldiçoaram os livros de cavalaria.

Teresa Pança, a mulher de Sancho Pança — que já sabia que o marido havia seguido o fidalgo como seu escudeiro —, ao vê-lo, pediu explicações sobre sua longa ausência e perguntou:

— Diga-me, o que conseguiu com isso de ser escudeiro? Vestidos para a sua mulher? Sapatos para os seus filhos?

— Não trago nada disso, mulher — respondeu Sancho —, mas trago outras coisas ainda mais importantes.

— Que maravilha! — disse a mulher. — Mostre-me essas coisas, para que alegre este meu coração que tão triste ficou durante a sua ausência.

— Em casa eu lhe mostrarei — disse Sancho. — E fique sabendo que, se Deus nos permitir outras aventuras, logo eu serei conde ou governador de uma ilha, e não de qualquer ilhazinha não, mas da melhor ilha que se possa imaginar.

— Tomara, meu marido! Mas que história é essa de ilhas? — perguntou a mulher.

— Não demorará muito para entender, mulher — respondeu Sancho —, em breve será chamada de senhora por todos os seus vassalos.

Enquanto Sancho e Teresa Pança conversavam, a governanta e a sobrinha de Dom Quixote o despiram e o deitaram em seu antigo leito. Ele as olhava com os olhos desnorteados, sem compreender onde estava. O padre recomendou à sobrinha que cuidasse bem de seu tio e estivesse alerta para que ele não escapasse outra vez. A sobrinha e a governanta voltaram a chorar e a amaldiçoar os livros de cavalaria, pois ficaram mesmo temerosas de se verem novamente sem Dom Quixote assim que ele apresentasse melhoras. E foi exatamente isso o que aconteceu.

SEGUNDA PARTE

CAPÍTULO I

Em que o engenhoso fidalgo toma conhecimento do livro que narra a sua história

Conta Cide Hamete Benengeli, na segunda parte desta história e terceira saída de Dom Quixote, que o padre e o barbeiro ficaram um mês sem vê-lo, para que não reavivassem no fidalgo as lembranças das loucuras passadas. Depois de receberem notícias tranquilizadoras da família, resolveram visitá-lo, e o encontraram sentado na cama, tão magro que parecia uma múmia. Dom Quixote recebeu-os muito bem e garantiu-lhes que estava ótimo de saúde, conversando com muito juízo e elegância.

O padre, contudo, quis testar a sanidade de Dom Quixote e contou-lhe que os turcos se aproximavam da Espanha e que o Rei estava preocupado e alerta, por isso havia mandado fortalecer as costas de Nápoles e da Sicília. Depois de ouvi-lo, Dom Quixote disse:

— Sua Majestade agiu com muita prudência. Porém, se me chamasse para opinar, eu o aconselharia a tomar uma providência em que dificilmente Sua Majestade deve estar pensando.

O barbeiro quis saber que providência era aquela, e Dom Quixote lhe respondeu:

— Não quero dizê-la agora, porque a ideia pode acabar chegando aos conselheiros de Sua Majestade e outro levará a glória em meu lugar.

— Por mim — disse o barbeiro —, dou minha palavra de que não direi a ninguém o que o senhor me disser agora.

— Eu não preciso nem dar a minha palavra — disse o padre —, pois a minha profissão é a de guardar segredos.

— Muito bem — disse Dom Quixote —, eu acredito que Sua Majestade deveria reunir na corte todos os cavaleiros andantes que vagam pela Espanha. Ainda que apenas meia dúzia se apresentasse, poderia estar entre eles aquele que, sozinho, bastaria para destruir todo o exército dos turcos!

— Ai — resmungou a sobrinha, alarmada —, que me matem se meu tio não quer voltar a ser cavaleiro andante!

Ao que Dom Quixote retrucou:

— Cavaleiro andante eu sempre fui e serei até a morte! Venham turcos e quem mais quiser!

— Devo dizer-lhe, caro amigo — disse o padre —, que não compreendo de maneira nenhuma como esses cavaleiros andantes podem ter sido pessoas de carne e osso! Na verdade, tenho comigo que tudo não passa de ficção, fábula e sonhos contados por homens acordados ou, melhor dizendo, meio sonolentos.

— Esse é um erro muito comum! — disse Dom Quixote. — Os cavaleiros andantes são tão verdadeiros que posso assegurar já ter visto Amadis de Gaula com os meus próprios olhos, o qual era um homem alto de corpo, branco de rosto e de barba bem-feita.

Foi quando a governanta e a sobrinha passaram a gritar na entrada da casa. Os gritos eram contra Sancho Pança, que tentava entrar para ver Dom Quixote. A governanta e a sobrinha, porém, impediam a sua entrada, afirmando ser ele o responsável pelo descaminho do fidalgo.

— Governanta desmiolada! — disse Sancho. — Foi ele quem me levou por esses mundos e me prometeu uma ilha, que estou esperando até agora.

— Seja o que for — disse a governanta —, aqui não vai entrar, saco de maldades! Vá governar a sua casa em vez de sonhar com ilhas!

Dom Quixote interveio e permitiu que Sancho entrasse. O padre e o barbeiro, completamente descrentes quanto à sanidade do fidalgo, aproveitaram para se despedir. Dom Quixote se fechou com Sancho em seu aposento e, estando a sós, disse-lhe:

— Eu quero que me diga, Sancho, o que falam de mim por aí. O que pensam de mim as pessoas comuns, os fidalgos e os cavaleiros? O que comentam sobre a minha valentia, as minhas façanhas e a minha cortesia?

— As pessoas comuns — disse Sancho —, acham o senhor um louco completo e eu, não menos doido. Os fidalgos dizem que o senhor, não se contentando nos limites da fidalguia, atribuiu a si mesmo o título de Dom, mesmo sem possuir grande fortuna. Os cavaleiros, por fim, dizem que não querem entre eles um fidalgo pobretão que disfarça os sapatos gastos e remenda as meias.

— Isso não tem a ver comigo — disse Dom Quixote —, pois estou sempre bem vestido e jamais remendado!

— Em relação à valentia e a suas façanhas — continuou Sancho —, as opiniões são variadas. Uns dizem "louco, mas engraçado"; outros, "valente, mas desgraçado"; alguns, "cortês, mas impertinente"; e por aí vai. Dizem tantas coisas que nem do senhor nem de mim sobra um osso inteiro.

— Veja, Sancho — disse Dom Quixote —, onde quer que a virtude esteja, ela é perseguida. Poucos ou nenhum dos grandes homens do passado deixaram de ser caluniados.

— O que eu disse até aqui não é quase nada! — disse Sancho. — Chegou ontem o filho de Bartolomeu Carrasco, que estava estudando em Salamanca. Ele me contou que a história do senhor foi publicada em livro com o nome de *O Engenhoso Fidalgo Dom Quixote de La Mancha*, e que nela apareço com meu próprio nome, e também a senhora Dulcineia d'El Toboso. No livro também há alguns fatos que nós passamos a sós. Fiz cruzes de espantado, pois como conseguiu saber delas o historiador que as escreveu?!

— Eu garanto, Sancho — disse Dom Quixote —, que o autor da nossa história deve ser algum sábio encantador, porque para eles não existem segredos.

— Deve ser mesmo um feiticeiro — disse Sancho —, pois o homem que escreveu a nossa história se chama Cide Hamete Berinjela!

— Esse nome é mouro — disse Dom Quixote.

— Não me espanta — afirmou Sancho —, pois sempre ouvi dizer que os mouros gostam muito de berinjelas.

— Provavelmente você deve ter errado o sobrenome desse tal Cide, que em árabe quer dizer "senhor".

— Pode ser — disse Sancho. — O senhor gostaria de

conhecer Sansão Carrasco, o estudante que chegou de Salamanca? Eu poderia trazê-lo aqui.

— Seria um prazer — respondeu Dom Quixote —, pois eu desejo me informar sobre tudo.

— Então vou buscá-lo — disse Sancho.

Sancho voltou logo depois trazendo Sansão Carrasco, a quem Dom Quixote recebeu com muita cortesia. O bacharel, que apreciava uma boa zombaria, colocou-se de joelhos diante do fidalgo e lhe disse:

— Senhor Dom Quixote de La Mancha, um dos mais famosos cavaleiros que já houve! Que grande obra fez Cide Hamete Benengeli ao escrever suas incríveis façanhas; e também o curioso foi que teve o cuidado de mandá-las traduzir do árabe para o entretenimento de todos!

Dom Quixote pediu que o bacharel se levantasse e lhe perguntou:

— Então é verdade que existe uma história minha e que foi escrita por um sábio mouro?

— Tão verdade é, senhor — disse Sansão —, que acredito já terem sido impressos mais de doze mil exemplares da história. O livro está sendo lido em Portugal, Barcelona e Valência, e não duvido que logo não haverá nação ou língua que não conheça a sua história.

— Não há maior satisfação para um homem virtuoso — disse Dom Quixote —, do que ter, em vida, o seu bom nome nas línguas das gentes. Mas diga-me, senhor bacharel, que façanhas minhas são as que mais agradam nessa história?

— Há diferentes opiniões — respondeu o bacharel. — Alguns preferem as aventuras dos moinhos de vento; outros, a peripécia dos dois exércitos que depois se revelaram manadas de ovelhas; uns afirmam que a melhor é a façanha da libertação dos prisioneiros condenados às galés.

— E a aventura do escudeiro biscainho? — quis saber Sancho.

— Nada faltou — respondeu Sansão —, o sábio registrou tudo, inclusive o caso das cambalhotas que o bom Sancho deu na manta.

— Na manta não dei cambalhotas — retrucou Sancho —, e sim no ar, e mais do que eu desejava.

— Foram muitos os que gostaram da história — disse Sansão —, mas o fato é que alguns criticam o livro, pois o autor se esqueceu de contar como Sancho recuperou o seu asno, que, depois de ter sido furtado por Ginés de Pasamonte, aparece sem maiores explicações. E o autor também não contou o que Sancho fez com as moedas de ouro que encontrou na Serra Morena.

Sancho explicou que, quando seguiam com a princesa Micomicona rumo à estalagem, depararam-se na estrada com o embusteiro Ginés de Pasamonte montado em seu asno. Assustado, o ladrão fugiu para a floresta e deixou na fuga o asno roubado.

— E o que foi feito das moedas de ouro? — perguntou Sansão.

— Gastei-as comigo e com minha família — disse Sancho —, e só assim a minha mulher aceitou sem protestar as viagens em que andei a serviço do meu senhor Dom Quixote.

O fidalgo pediu ao bacharel que lhe fizesse a gentileza de compor um poema sobre a despedida que pensava fazer de sua senhora Dulcineia d'El Toboso, e que colocasse no começo de cada verso uma letra do nome dela. Sansão disse que, mesmo não sendo um poeta conhecido, faria o poema com gosto.

Dom Quixote havia decidido retomar suas aventuras. Combinaram que a partida seria dali a oito dias. O fidalgo pediu ao bacharel que não contasse a ninguém sua decisão, principalmente à sua governanta e à sobrinha. Sansão Carrasco prometeu guardar segredo e se despediram. Sancho Pança, por sua vez, foi tomar as providências necessárias à viagem.

CAPÍTULO 2

Em que o cavaleiro e seu fiel escudeiro renovam os laços de amizade

Sancho chegou em casa todo contente, e sua mulher quis saber o motivo de tanta alegria. Sancho lhe explicou que sairia pela terceira vez como escudeiro de Dom Quixote. Estava feliz porque esperava encontrar mais moedas de ouro e, finalmente, tornar-se governador de uma ilha. Teresa Sancho concordou, mas disse-lhe que, antes de se tornar governador, Sancho precisava de alguma renda para cuidar da casa e dos filhos. O escudeiro pensou nisso por um bom tempo e decidiu ir ver Dom Quixote novamente.

A governanta, vendo que seu amo e o escudeiro se trancavam no quarto, desconfiou que eles estivessem planejando outra viagem; vestiu seu manto e, aflita, saiu em busca do bacharel Sansão Carrasco. Ela acreditava que o bacharel, por ser um homem estudado e um novo amigo de seu senhor, poderia persuadi-lo a abandonar o propósito desvairado de partir em nova aventura.

Ela encontrou-o no quintal de sua casa e correu até ele fazendo caretas estranhas de tão aflita que estava. O bacharel, vendo-a naquelas condições, perguntou-lhe:

— O que é isso, senhora? Parece que a alma quer lhe escapar pela boca.

— É o meu amo, meu senhor. Parece que está preparando uma nova viagem! Da primeira vez o devolveram moído a pauladas, da segunda, chegou trancado em uma jaula, magro e amarelo!

— Não se preocupe — disse o bacharel —, vá para casa que eu irei logo em seguida resolver a situação. Eu sei o que digo, senhora governanta, pois sou bacharel por Salamanca, e melhor bacharelado não há.

Um pouco mais tranquila, a governanta se foi, e o bacharel decidiu ir procurar o padre para saber o que fazer. Enquanto isso, Dom Quixote e Sancho conversavam no aposento do fidalgo:

— Senhor — disse Sancho —, a minha mulher já concordou que eu parta em uma nova aventura.

—Ah, isso é ótimo — disse Dom Quixote. — E o que mais ela disse, Sancho?

— Teresa disse que eu preciso deixar tudo bem resolvido com o senhor — respondeu Sancho. — Pois mais vale um "toma" do que dois "te darei".

— Certo, Sancho.

— Assim, meu senhor — prosseguiu Sancho —, seria melhor que acertássemos um salário fixo para pagar-me a cada mês que eu lhe servir. Quando o senhor me der a ilha prometida, descontaremos o que eu tenha recebido de salário.

— Veja, Sancho — disse Dom Quixote —, eu com muito gosto lhe daria um salário se em alguma das histórias dos cavaleiros andantes tivesse encontrado um exemplo de escudeiro assalariado, mas eu li todas as histórias e não me lembro de nada parecido. Os escudeiros sempre serviram a seus senhores com a promessa de serem contemplados com o governo de uma ilha ou coisa semelhante. Por isso, como não desejo contrariar a tradição da cavalaria andante, volte para sua casa e converse com Teresa. Caso vocês concordem, muito bem, caso contrário, encontrarei outro escudeiro capaz de me servir até mesmo de maneira mais obediente e menos falastrona do que você.

Para Sancho foi como um balde de água fria escutar a firme resolução de seu amo, pois ele nunca imaginara que o fidalgo fosse capaz de dispensá-lo. Nesse momento, chegou à casa de Dom Quixote o bacharel Sansão Carrasco. Junto com ele, entraram no aposento do fidalgo a governanta e a sobrinha, curiosas para ver de que maneira o bacharel convenceria o fidalgo a abandonar os seus propósitos. Contudo, ao ver Dom Quixote, Sansão saudou-o efusivamente:

— Flor da andante cavalaria! Luz resplandecente das armas! Honra e espelho da nação espanhola! Que nenhuma pessoa impeça a sua terceira saída rumo a aventuras gloriosas!

A governanta e a sobrinha não podiam acreditar no que ouviam. Além dessas exaltações, Sansão Carrasco se ofereceu para partir ao lado de Dom Quixote como seu escudeiro. O fidalgo, então, voltou-se para Sancho e lhe disse:

— Veja, Sancho, como não me faltam bons escudeiros.

Então, dirigindo-se para Sansão Carrasco, Dom Quixote disse:

— É melhor que o senhor fique em sua pátria honrando as artes e as ciências. Eu encontrarei outro escudeiro, já que Sancho não quer mais ir comigo.

— Quero sim! — afirmou Sancho com lágrimas nos olhos. — Eu não sou um ingrato. Se entrei no assunto do salário, foi por vontade da minha mulher, que é mais teimosa que uma mula. Eu outra vez me ofereço para servi-lo fielmente, tão bem ou até melhor do que os escudeiros que, no passado, serviram os cavaleiros andantes.

Dom Quixote e Sancho Pança se abraçaram emocionados e voltaram a ser amigos. Nos dias seguintes, Sancho tratou de sossegar a sua mulher, e Dom Quixote procurou acalmar a sua sobrinha e a governanta. Então, em uma bela noite, partiram sem que ninguém os visse. O cavaleiro saiu montado em Rocinante, e o escudeiro, em seu asno. Eles tomaram o caminho para El Toboso.

CAPÍTULO 3

Sobre a visita de Dom Quixote a sua senhora Dulcineia d'El Toboso

No dia seguinte, Dom Quixote e Sancho chegaram a El Toboso. O cavaleiro estava muito alegre por se aproximar da aldeia, mas Sancho estava apreensivo, pois não sabia onde Dulcineia morava. Ele temia que seu amo descobrisse que ele nunca tinha se encontrado com ela. Na verdade, nenhum dos dois sequer tinha visto Dulcineia. Assim, em um bosque ao lado da entrada da aldeia, Dom Quixote disse:

— Sancho, amigo, eu nunca vi a incomparável Dulcineia, nem jamais cruzei a entrada de seu palácio. Eu estou enamorado dela por conhecer sua grande fama de belíssima e nobre donzela. Por isso, meu filho, guie-nos até o palácio!

Sancho só pensava em não deixar Dom Quixote entrar na aldeia para que ele não descobrisse a mentira sobre a carta. Então, conseguiu convencê-lo a esperar ali, prometendo que não voltaria sem ter encontrado Dulcineia. Em seguida, montado em seu asno, Sancho entrou em El Toboso. Desesperado, o escudeiro procurava um plano para livrar-se daquela encrenca. De repente, teve uma ideia. Sendo Dom Quixote louco como era, não seria difícil fazê-lo acreditar que uma lavradora, a primeira que encontrasse por ali, era a senhora Dulcineia. Com isso, ele se sentiu mais tranquilo.

Não demorou muito para que Sancho visse três lavradoras, montadas em seus asnos, saindo da aldeia em direção ao bosque. O escudeiro voltou a trote largo para onde estava seu amo. Assim que o viu, Sancho lhe disse:

— As notícias são boas, meu senhor. Basta esporear Rocinante e ir ao encontro da senhora Dulcineia d'El Toboso, que está vindo encontrá-lo com duas de suas criadas.

— Santo Deus! — exclamou Dom Quixote. — O que está dizendo, Sancho? Não tente me enganar alegrando com falsas alegrias as minhas tristezas verdadeiras.

— O que eu ganharia em enganá-lo, senhor? Venha e verá que a nossa princesa se aproxima vestida e enfeitada como uma nobre dama.

Dom Quixote e Sancho saíram do bosque e viram que as aldeãs já estavam por perto. O fidalgo olhou bem, mas não viu mais do que três lavradoras montadas em seus burricos. Intrigado, perguntou a Sancho onde estava a formosa Dulcineia.

— Por acaso tem os olhos na nuca? Não vê que são essas que aí vêm, resplandecentes como o sol do meio-dia? — perguntou Sancho.

— Eu não vejo mais do que três lavradoras montadas em seus asnos — respondeu Dom Quixote.

— Que Deus me livre do diabo! — disse Sancho. — Será possível que três lindos cavalos brancos pareçam ao senhor três asnos de lavradores?

— Pois eu afirmo, Sancho amigo — disse o fidalgo —, que é tão verdade que são asnos como eu sou Dom Quixote e você Sancho Pança.

— Não me diga isso, senhor — disse Sancho —, abra bem esses olhos e venha fazer reverência à senhora dos seus pensamentos.

Dizendo isso, Sancho se adiantou para receber as três lavradoras e, apeando-se do asno, segurou pelo cabresto o jumento de uma das três lavradoras e lhe disse:

— Rainha, princesa e duquesa da formosura, receba com boa vontade o seu cativo cavaleiro, que ali está emocionado ante sua magnífica presença. Eu sou Sancho Pança, seu escudeiro, e ele é o conhecido cavaleiro Dom Quixote de La Mancha, também chamado o Cavaleiro da Triste Figura.

Nisso Dom Quixote já estava de joelhos, fitando com olhos arregalados aquela que Sancho chamava de rainha e senhora. Como não via nela mais do que uma lavradora de rosto não muito agradável, o fidalgo ficou surpreso e não disse uma palavra. As lavradoras também estavam perplexas vendo aqueles homens esquisitos que não deixavam sua companheira seguir adiante. No entanto, a aldeã que Sancho havia detido rompeu o silêncio:

— Saiam, estorvos! Liberem o caminho que estamos com pressa.

— Princesa e senhora universal de El Toboso! Como o seu coração não se enternece vendo aqui ajoelhado o pilar e alicerce da cavalaria andante?

Ouvindo isso, disse uma das outras duas lavradoras:

— Era só o que me faltava! Esses engraçadinhos zombarem da nossa cara! Sigam o seu caminho e nos deixem seguir o nosso, pelo bem de todos.

— Pois já vejo que o destino ainda insiste em me castigar — disse Dom Quixote e, voltando-se para a aldeã que Sancho segurava, prosseguiu: — O maligno encantador que me persegue pôs nuvens e cataratas nos meus olhos e transformou o seu rosto, de beleza incomparável, no de uma lavradora pobre.

— Vejam só esse velho babão! — disse a aldeã. — Não tenho tempo para ficar ouvindo besteiras. Saiam do caminho e nos deixem passar!

Sancho se afastou e deixou-as seguir, contente por ter enganado o seu amo e se livrado da enrascada. Assim que se viu livre, a lavradora que passara por Dulcineia esporeou com tanta força o asno que o animal disparou desgovernado pelo campo, e a aldeã foi jogada ao chão. Dom Quixote correu para ajudá-la. O fidalgo quis pegar a sua encantada senhora nos braços, mas ela rejeitou a ajuda e, depois de se levantar rapidamente, deu uma corridinha e saltou sobre o asno como um homem. Em seguida, as três aldeãs desapareceram na estrada.

— Veja, Sancho, que os inimigos encantadores que me perseguem não se contentaram em mudar a minha Dulcineia, mas a transformaram numa figura tão baixa e feia como a daquela aldeã. E o pior, tiraram o que é tão próprio das nobres senhoras, que é o bom cheiro, por andarem sempre entre âmbares e flores. Fique sabendo, Sancho, que ao me aproximar para ajudar Dulcineia, senti um cheiro de alho cru que me sufocou a alma.

— Encantadores canalhas! — gritou Sancho. — Eu adoraria ver todos eles espetados pelas guelras, como as sardinhas nas feiras! Como ousam transformar tão bela senhora em uma simples aldeã, e ainda por cima roubar-lhe o cheiro adorável! O que eu vi, meu senhor, foi uma donzela de formosura extraordinária. Aliás, uma pinta que tinha sobre o lábio só engrandecia a sua beleza inigualável.

— Eu admito, Sancho — disse Dom Quixote —, que o que você diz ser uma pinta parecia, para mim, os fios de um ralo bigode.

— Pois eu posso confirmar, senhor — disse Sancho —, que era a mais graciosa das pintas.

— Ai de mim, Sancho, que não vi nada disso! — queixou-se Dom Quixote. — Sou o mais infeliz dos homens!

Sancho se esforçava para conter o riso. Por fim, depois de muita conversa, tornaram a montar em seus animais e tomaram o rumo de Saragoça, onde pensavam chegar a tempo de participar das solenes festas que aconteciam todo ano naquela cidade.

CAPÍTULO 4

Sobre a estranha aventura do valoroso Dom Quixote com o carro da morte

Dom Quixote seguia tristonho por causa do episódio com sua querida Dulcineia quando surgiu no caminho um grande carro carregando os mais diversos e estranhos personagens que se possa imaginar. O homem que guiava as mulas era feio como um demônio. A primeira figura que se ofereceu aos olhos de Dom Quixote foi a da própria Morte, com rosto humano; perto dela vinha um anjo com grandes asas pintadas; ao lado do anjo estava um imperador com uma coroa que parecia de ouro na cabeça; aos pés da Morte estava o deus Cupido, sem venda nos olhos, mas com seu arco e suas setas; vinha também um cavaleiro que, em vez do capacete, usava um chapéu cheio de plumas coloridas. Com essas pessoas vinham outras de rostos e trajes variados.

Tudo isso, surgindo de repente, deixou Dom Quixote tenso e assustou Sancho. Mas logo Dom Quixote se animou por perceber ali a oportunidade para uma nova e perigosa aventura. Com esse pensamento, o fidalgo parou diante do carro e disse com voz alta e ameaçadora:

— Carreiro, carroceiro ou o diabo que for, não demore em me dizer quem são vocês e aonde vão nesse carro que mais parece a barca de Caronte do que um carro comum!

O Diabo, parando o carro, respondeu com calma:

— Senhor, nós somos atores da companhia de Angulo, o Mau, num lugar que fica atrás daquele morro. Estamos indo apresentar um novo espetáculo esta tarde num povoado aqui perto. Para ganhar tempo, já viemos todos fantasiados.

— Pela fé de cavaleiro andante — disse Dom Quixote —, quando vi esse carro, imaginei que alguma grande aventura começava, mas vejo que não. Sigam com Deus, boa gente, e façam sua festa.

Foi quando surgiu outro membro da companhia com a roupa cheia de bugigangas e segurando um bastão com três bexigas na ponta. Para demonstrar como atuava, ele se aproximou de Dom Quixote dando grandes cambalhotas e sacudindo o bastão. Rocinante assustou-se com aquela visão e disparou feito raio pelo campo, sem que Dom Quixote conseguisse detê-lo. Sancho, vendo que seu amo corria o risco de cair, saltou do asno e correu para ajudá-lo, mas, quando o alcançou, o fidalgo já estava no chão.

O demônio dançarino, vendo o asno de Sancho livre, saltou sobre ele e deu no animal com o bastão das bexigas. O asno desembestou pela campina em direção ao povoado onde iria acontecer a festa. Sancho olhava alternadamente para o asno indo embora e para Dom Quixote estendido no chão, sem saber a quem socorrer primeiro. Afinal, como bom e fiel escudeiro, sentiu falar mais alto o amor por seu senhor e ajudou-o a montar em Rocinante. A cada vez, porém, que o bastão com as bexigas erguia-se no ar e baixava sobre as ancas do asno, Sancho sentia como se aqueles golpes fossem em suas próprias costas.

— Senhor, o Diabo levou o asno! — disse Sancho.

— Que diabo? — perguntou Dom Quixote.

— O das bexigas — respondeu Sancho.

— Pois vou recuperá-lo — replicou Dom Quixote —, ainda que tenha se embrenhado com ele nos mais fundos e escuros calabouços do inferno. Siga-me, Sancho, que o carro vai devagar e com as mulas deles compensarei a perda do asno.

— Não será necessário, senhor — disse Sancho —, pois o Diabo já deixou o asno, que vem voltando pela campina.

E isso era verdade, porque o Diabo, depois de cair por terra para imitar Dom Quixote e Rocinante, seguiu a pé para o povoado, e o asno voltou para o seu dono.

— Ainda assim — disse Dom Quixote —, precisamos castigar o desaforo daquele demônio em algum dos que vão no carro, nem que seja o próprio Imperador!

— Tire isso da cabeça, meu senhor — disse Sancho. — Ouça o meu conselho, pois é melhor não se meter com atores. Como proporcionam alegria e prazer, eles são protegidos pelos poderosos.

— Ora essa! — exclamou Dom Quixote. — O demônio não pode simplesmente fazer o que bem entende e sair se exibindo por aí, mesmo que seja protegido por toda a humanidade.

Assim, Dom Quixote seguiu na direção do carro, que já estava próximo do povoado, e disse em voz alta:

— Parem! Eu quero lhes mostrar como devem ser tratados os asnos que servem de montaria aos escudeiros dos cavaleiros andantes.

Ao ouvirem isso, os atores saltaram do carro e se armaram com pedras, ficando prontos para receber Dom Quixote com uma chuva nada agradável. O cavaleiro, vendo-os com os braços levantados e dispostos a atirar as pedras, puxou as rédeas de Rocinante e passou a refletir sobre uma maneira de atacá-los sem sofrer maiores danos. Sancho, antevendo o trágico desfecho da batalha, disse ao fidalgo:

— Seria uma enorme loucura apenas um homem investir contra um exército onde está a Morte e lutam imperadores em pessoa. Além disso, entre todos que lá estão, não há nenhum cavaleiro andante.

— Nesse ponto você tem razão — disse Dom Quixote. — Eu não devo erguer a espada contra quem não foi armado cavaleiro. Por isso, Sancho, cabe a você tomar vingança do abuso que fizeram ao seu asno. Eu, daqui, ficarei ajudando com orientações e conselhos de guerra.

— Não há motivo, senhor — disse Sancho —, para tomar vingança de ninguém, pois eu, como bom cristão, prefiro perdoar e viver tranquilamente os dias que me restam.

— Se você prefere assim — replicou Dom Quixote —, Sancho bom, Sancho cristão e Sancho sincero, deixemos esses fantasmas e busquemos melhores aventuras.

Dom Quixote virou as rédeas de Rocinante e Sancho montou em seu asno. A Morte e todo o seu esquadrão voltaram para o carro e seguiram viagem.

CAPÍTULO 5

Sobre a estranha aventura do valoroso Dom Quixote com o bravo cavaleiro dos espelhos

Dom Quixote e Sancho passaram a noite debaixo de grandes árvores frondosas e comeram do que traziam nos alforjes. Depois da refeição, Sancho estendeu-se na relva e adormeceu. Dom Quixote, por sua vez, estava quase pegando no sono quando ouviu um ruído às suas costas. Levantou-se, atento, e viu que eram dois homens a cavalo. Um deles, desmontando de seu animal, disse ao outro:

— Deixe os cavalos pastarem livremente que vou aproveitar o silêncio e a solidão deste lugar para me entregar aos meus pensamentos amorosos.

Depois de dizer isso, o homem deitou-se na grama fazendo um barulho de armas e metais. Dom Quixote logo reconheceu que deveria se tratar de um cavaleiro andante. O fidalgo acordou

Sancho — não sem alguma dificuldade, pois o escudeiro roncava desbragadamente — e lhe disse:

— Acorde, Sancho, que temos uma aventura.

— Queira Deus que seja boa! — disse Sancho. — E onde está, meu senhor, essa aventura?

— Observe que ali deitado está um cavaleiro andante. Eu o vi saltar do cavalo e se deitar no chão, rangendo a armadura. Escute, parece que ele está se preparando para cantar alguma coisa!

Então o Cavaleiro do Bosque, que tinha a voz nem muito ruim nem muito boa, entoou um soneto de amor. Com um longo "ai!" que parecia arrancado do fundo do coração, o Cavaleiro terminou o seu canto e, em tom comovido e desolado, disse:

— Oh, mais formosa e ingrata mulher do mundo! Como é possível, digníssima Cacildeia de Vandália, permitir que este cavaleiro se consuma em contínuas peregrinações e duros trabalhos? Não basta eu ter conseguido que todos os cavaleiros de Navarra, todos os leoneses, todos os castelhanos e, finalmente, todos os cavaleiros de La Mancha confessassem que você é a mais formosa donzela do mundo?

— Isso não! — afirmou Dom Quixote. — Pois eu sou de La Mancha e jamais confessaria algo tão contrário à beleza de minha senhora. Já se percebe, Sancho, que esse cavaleiro está delirando.

O Cavaleiro do Bosque, ouvindo que conversavam perto dele, levantou-se e disse:

— Quem está aí? É por acaso do grupo dos contentes ou dos aflitos?

— Dos aflitos — respondeu Dom Quixote.

— Pois então se aproxime — disse o Cavaleiro do Bosque —, e dividiremos nossa tristeza e aflição.

Dom Quixote se aproximou educadamente, e o outro, com cortesia, disse-lhe:

— Sente-se aqui, senhor cavaleiro. Encontrá-lo aqui, durante a madrugada, nestas paragens de solidão e sereno, me faz deduzir que professa a arte dos cavaleiros andantes.

— Sou cavaleiro e trago na alma tristezas, desgraças e desventuras, mas também a compaixão pelas dores alheias — disse Dom Quixote.

Os dois cavaleiros se sentaram na relva e, tranquilamente, passaram a conversar. Durante a conversa, disse o Cavaleiro do Bosque:

— Quis o destino, senhor cavaleiro, que eu me enamorasse da incomparável Cacildeia de Vandália. Assim como fizeram a Hércules, ela mandou-me realizar diversos trabalhos perigosos. Com isso, desafiei e venci a famosa giganta de Sevilha, chamada Giralda; ergui com as mãos as antigas pedras dos grandes Touros de Guisando; penetrei na escura e funda gruta de Cabra... Mas do que mais me orgulho é de ter vencido em singular batalha aquele tão famoso cavaleiro Dom Quixote de La Mancha, forçando-o a confessar que a minha Cacildeia é mais formosa do que a sua Dulcineia.

Dom Quixote ficou espantado ao ouvir o que o cavaleiro dizia e mil vezes esteve a ponto de lhe dizer que mentia, mas se conteve para fazê-lo confessar sua mentira pela própria boca. Então, Dom Quixote disse:

— Quanto a ter vencido os cavaleiros andantes da Espanha e de todo o mundo, não digo nada, senhor cavaleiro, mas, que tenha vencido Dom Quixote de La Mancha, eu duvido. Talvez fosse algum outro muito parecido com ele.

— Como não? — replicou o Cavaleiro do Bosque. — Pelo céu que nos cobre que o venci e rendi. Ele é um homem alto, magro, seco de rosto, de membros compridos e nariz encurvado. É também conhecido como Cavaleiro da Triste Figura e leva como escudeiro um lavrador chamado Sancho Pança. O seu cavalo chama-se Rocinante e ele tem por senhora uma tal Dulcineia d'El Toboso. Se todos esses sinais não bastam para acreditar no que digo, aqui está a minha espada para provar o que for preciso.

— Fique calmo, senhor cavaleiro — disse Dom Quixote —, e escute o que vou dizer. Esse Dom Quixote de que fala é o maior amigo que tenho neste mundo, é tão meu amigo que é como se fôssemos a mesma pessoa. Eu sei que ele tem muitos inimigos encantadores, e pode ser que algum desses tenha se transformado nele para desprestigiar a sua fama. Fique sabendo que, há menos de dois dias, esses mesmos inimigos transformaram a formosa Dulcineia d'El Toboso em uma simples lavradora. Se nada disso bastar para convencê-lo da verdade, aqui está o próprio Dom Quixote, que a sustentará com suas armas, a pé ou a cavalo, do jeito que preferir.

Dizendo isso, Dom Quixote levantou-se e ergueu a espada. O Cavaleiro do Bosque, com voz sossegada, respondeu:

— Quem já o venceu uma vez, bem poderá vencê-lo de novo. Mas não fica bem aos cavaleiros andantes batalharem no escuro como se fossem bandidos. Vamos esperar amanhecer para que o sol veja as nossas obras. E depois, terminada a batalha, o vencido se renderá à vontade do vencedor.

— Estou de acordo com as condições — disse Dom Quixote.

Quando começou a amanhecer e a claridade do dia permitiu enxergar bem as coisas, Sancho espantou-se com o nariz do Escudeiro do Bosque, que era tão grande que quase fazia sombra a todo o seu corpo. O nariz, curvo na metade e cheio de verrugas, era roxo como uma berinjela. Dom Quixote percebeu que o seu adversário já tinha baixado a viseira do capacete e, por isso, não pôde ver o seu rosto, mas reparou que era um homem forte e não muito alto. Ele trazia sobre as armas um casaco de um tecido que parecia ser de ouro muito fino em que pequenas luas brilhavam como espelhos; no alto do capacete voava uma grande quantidade de plumas amarelas, verdes e brancas; a lança, encostada em uma árvore, era grande e grossa, e com um ferrão afiado de mais de um palmo.

Apesar de entender que o adversário aparentava ser muito forte, Dom Quixote não o temeu. Antes, ele disse para o Cavaleiro dos Espelhos:

— Sei que a vontade de lutar é grande, senhor cavaleiro, mas, por gentileza, erga a viseira para que eu possa ver o seu rosto antes do combate.

— Vencido ou vencedor — disse o Cavaleiro dos Espelhos —, depois do combate terá tempo suficiente para ver o meu rosto.

Então montaram em seus cavalos e começaram a se afastar para o duelo. Sancho, ao ver que o seu amo se afastava para tomar distância, não quis ficar sozinho com o narigudo e pediu a Dom Quixote que o tirasse dali. O escudeiro alegou que desejava assistir à batalha do alto de uma árvore, de onde teria uma visão melhor. O fidalgo concordou e foi ajudar Sancho a subir nos galhos com o auxílio de Rocinante.

O Cavaleiro dos Espelhos, julgando que Dom Quixote já estivesse pronto, partiu a toda velocidade de encontro ao seu inimigo. Contudo, ao vê-lo ocupado com Sancho, puxou as rédeas e parou no meio do caminho. Dom Quixote, pensando que seu inimigo já vinha voando, cravou as esporas em Rocinante, que disparou veloz como nunca. Ele rapidamente alcançou o Cavaleiro dos Espelhos, que, atrapalhado com o seu cavalo, não teve como se defender, recebendo um golpe tão forte que se estatelou no chão, desmaiado, como se estivesse morto.

Sancho, ao ver o que acontecia, escorregou da árvore e correu até o seu amo, que, saltando de Rocinante, avançou para o Cavaleiro dos Espelhos e levantou-lhe a viseira para que pudesse tomar ar. Quem poderia dizer o que ele viu sem causar admiração e espanto? Diz a história que era o mesmo rosto, a mesma figura, a mesma fisionomia do bacharel Sansão Carrasco.

— Venha ver, Sancho — gritou Dom Quixote —, o que pode fazer a magia dos feiticeiros e encantadores!

Sancho, ao ver o rosto do bacharel, começou a fazer o sinal da cruz e a se benzer de todas as maneiras possíveis. O cavaleiro, estendido no chão, não dava nenhum sinal de vida. — Acho melhor, meu senhor — disse Sancho —, pelo sim pelo não, que o senhor enfie a espada na boca desse que parece ser o bacharel Sansão Carrasco; quem sabe assim mate nele um dos seus inimigos encantadores.

— Ótima ideia, Sancho — disse Dom Quixote —, pois inimigos, quanto menos, melhor.

Quando Dom Quixote sacou a espada para seguir o conselho de Sancho, chegou o escudeiro do Cavaleiro dos Espelhos, já sem o nariz horroroso, e disse:

— Não faça isso, senhor! Esse aí é o bacharel Sansão Carrasco, seu amigo, e eu sou o escudeiro dele.

— E o nariz? — perguntou Sancho.

— Está no meu bolso — respondeu o escudeiro e, metendo a mão no lado direito da roupa, tirou um nariz feito de massa e verniz. Nesse momento, Sancho o reconheceu e gritou:

— Virgem Santa! Valha-me Deus! Você não é Tomé Cecial, meu vizinho e compadre?

— Eu mesmo! — respondeu o desnarigado escudeiro. — Logo explicarei as manobras que me trouxeram até aqui, mas, por favor, peça a seu amo que não mate o Cavaleiro dos Espelhos, porque, sem dúvida alguma, trata-se do atrevido bacharel Sansão Carrasco, nosso conterrâneo.

Nisso, o cavaleiro dos espelhos acordou, e Dom Quixote, colocando a ponta da espada contra o seu rosto, disse-lhe:

— Morto estará, cavaleiro, se não admitir que a incomparável Dulcineia d'El Toboso é maior em beleza do que a sua Casildeia de Vandália. Além disso, deve confessar que o cavaleiro que venceu não foi nem pode ser Dom Quixote de La Mancha, mas outro que com ele se parecia; assim como eu admito e creio que o senhor, por mais que pareça o bacharel Sansão Carrasco, não é ele, mas outro que aqui puseram meus inimigos.

— Tudo admito e confesso — disse o derrotado cavaleiro. — Agora peço que me deixe levantar, se isso me for possível, tão estropiado estou da queda que sofri.

Dom Quixote e Tomé Cecial ajudaram-no a se levantar. Sancho, por sua vez, não tirava os olhos do outro escudeiro e fazia-lhe perguntas cujas respostas indicavam que ele era realmente Tomé Cecial. Isso só deixava Sancho ainda mais confuso; afinal, Dom Quixote afirmara que os encantadores haviam transformado o Cavaleiro dos Espelhos no bacharel Sansão Carrasco. Como era possível?

Em seguida, o Cavaleiro dos Espelhos afastou-se, apoiado em seu escudeiro, com a intenção de encontrar alguém que lhe endireitasse as costelas. Dom Quixote e Sancho, sem terem esclarecido aqueles estranhos acontecimentos, tomaram o caminho para Saragoça. Eles não sabiam que tudo aquilo fora tramado pelo bacharel, o padre e o barbeiro. Os três combinaram que o bacharel incentivaria Dom Quixote a sair em busca de novas aventuras, e, no caminho, disfarçado de cavaleiro andante, ele enfrentaria o fidalgo, vencendo-o e mandando-o de volta para casa. Entretanto, o desfecho havia sido outro. Sansão Carrasco, moído e resmungando de dor, não pensava em outra coisa a não ser em vingar-se do cavaleiro endoidecido.

CAPÍTULO 6

Em que Dom Quixote encara os leões de Sua Majestade

Dom Quixote seguia contente a sua jornada. Imaginava, por causa da vitória contra o Cavaleiro dos Espelhos, ser o cavaleiro andante mais valente de seu tempo. Para completar a sua felicidade, só faltava mesmo desfazer o encanto sobre a sua senhora Dulcineia d'El Toboso. Ele caminhava entretido com esses pensamentos quando foram alcançados por um homem que vinha atrás deles, montado em uma elegante égua e trajando uma elegante capa de veludo verde e um gorro da mesma cor. O homem saudou o fidalgo e o escudeiro com muita educação, e Dom Quixote lhe disse:

— Senhor, se por acaso segue o mesmo caminho que o nosso, poderemos seguir todos juntos.

O homem aceitou o convite e diminuiu a marcha de sua égua. Ele olhava admirado e curioso para Dom Quixote. O fidalgo, percebendo a atenção que o homem lhe dedicava, disse:

— Não me espanta que a minha figura tenha lhe causado admiração, mas deixará de ficar assombrado quando souber que eu sou um cavaleiro andante! Abandonei tudo o que tinha e me entreguei aos braços da sorte. Resolvi ressuscitar a cavalaria andante socorrendo viúvas, amparando donzelas e favorecendo casadas, órfãos e necessitados. Já foram impressos trinta mil volumes narrando as minhas façanhas. Enfim, sou Dom Quixote de La Mancha, também conhecido como o Cavaleiro da Triste Figura.

O homem parecia ainda mais perplexo ao saber que tinha diante de si um verdadeiro cavaleiro andante. Por isso, ele disse a Dom Quixote:

— Realmente estou maravilhado de me encontrar com o senhor. Como é possível ainda existirem cavaleiros andantes e histórias impressas de verdadeiras cavalarias? Bendito seja o céu! Essa história impressa, que o senhor diz contar fatos reais, com certeza fará com que sejam esquecidas as novelas que correm o mundo narrando histórias de falsos cavaleiros andantes e enganando as pessoas.

— É preciso tomar cuidado ao afirmar que essas histórias não são verdadeiras — retrucou Dom Quixote.

— E por acaso há quem duvide que não são falsas essas histórias? — perguntou o homem de verde.

— Eu duvido — respondeu Dom Quixote —, e, se a nossa jornada durar, tratarei de convencê-lo de que está equivocado.

Ao ouvir isso, o homem de verde suspeitou que Dom Quixote não batesse muito bem das ideias e decidiu observá-lo com cuidado. O cavaleiro, curioso, perguntou ao homem quem ele era.

— Eu, senhor Cavaleiro da Triste Figura — respondeu —, sou um fidalgo natural de um lugar onde hoje faremos uma boa refeição, se Deus quiser. Sou mais ou menos rico e meu nome é Dom Diego de Miranda. Passo a vida com minha mulher, meus filhos e meus amigos. Os meus passatempos são a caça e a pesca. Sou devoto de Nossa Senhora e confio na infinita misericórdia de Deus.

Os dois seguiram conversando sobre outros assuntos. Como os temas da conversa não agradavam a Sancho, ele se desviou um pouco do caminho e foi até alguns pastores que vendiam requeijão à beira da estrada. Enquanto negociava com os pastores, Sancho ouviu Dom Quixote chamá-lo aos gritos. Apressado, o escudeiro não sabia o que fazer com os requeijões, pois já os pagara, e, para não perdê-los, enfiou-os no capacete de Dom Quixote, que trazia amarrado ao asno. Quando voltou para ver o que seu amo queria, ele lhe disse:

— Acabo de ver que se aproxima pelo nosso caminho um carro cheio de bandeiras reais. Dê-me o capacete, pois ou muito me engano ou vem ali uma aventura para a qual eu necessito de minhas armas.

Dom Diego olhou por toda parte e não viu nada além de um carro com duas ou três bandeirinhas guiado por um carreiro que vinha sobre as mulas e acompanhado por um homem sentado na dianteira. Dom Diego julgou se tratar de funcionários de Sua Majestade e disse isso a Dom Quixote, mas o fidalgo, sempre disposto a acreditar que tudo o que lhe acontecia eram aventuras e mais aventuras, não lhe deu crédito. Dom Quixote virou-se para Sancho e tomou-lhe o capacete das mãos, encaixando-o com toda pressa na cabeça. Os requeijões, espremidos, começaram a soltar soro, que escorreu pelo rosto e pelas barbas do cavaleiro.

— O que será isso? — perguntou Dom Quixote. — Parece que os meus miolos estão derretendo! Dê-me, Sancho, alguma coisa para eu me limpar.

Sancho lhe alcançou um pano e Dom Quixote tirou o capacete para ver que coisa era aquela. Quando se deu conta, gritou para o escudeiro:

— Pela vida de minha senhora Dulcineia d'El Toboso! São requeijões o que você colocou aqui, maldoso escudeiro!

— Se são requeijões — disse Sancho, dissimulado —, o senhor pode me entregá-los que eu os como com gosto, antes que o Diabo os coma, pois foi ele quem os enfiou aí. Parece que os encantadores estão me perseguindo também!

Dom Diego observava aquela conversava sem entender nada. Dom Quixote limpou a cabeça, o rosto, as barbas e o capacete. Em seguida, encaixou-o na cabeça, empunhou a lança e avançou decidido. Parou à frente do carro das bandeiras e disse em voz alta:

— Aonde vão, irmãos? Que carro é esse, o que levam nele e que bandeiras são essas?

— O carro é meu — respondeu o carreiro —, o que vai nele são dois bravos leões enjaulados que o general de Orã envia à corte como presente para Sua Majestade. As bandeiras são do nosso Rei, em sinal de que aqui vai coisa dele.

— E os leões são grandes? — quis saber Dom Quixote.

— Tão grandes que da África à Espanha nunca passaram maiores — respondeu o homem que vinha sentado na dianteira do carro. — Eu sou o tratador de leões. Esses são fêmea e macho. O macho vai nessa primeira jaula, e a fêmea, na de trás. Hoje eles ainda não comeram, por isso é melhor o senhor sair do caminho para que cheguemos logo aonde eu possa alimentá-los.

— Leõezinhos para mim? — disse Dom Quixote quase sorrindo. — Eu lá sou homem de me assustar com leões?! Abra essas jaulas, bom homem, e solte essas feras.

— Minha nossa! — disse Dom Diego para si mesmo. — O nosso cavaleiro vai se mostrando quem é. Os requeijões sem dúvida lhe amoleceram os miolos.

Dom Quixote, impaciente, voltou a dar ordens ao tratador:

— Abra logo essas jaulas antes que eu lhe atravesse com esta lança!

O carreiro, vendo que a coisa era mesmo séria, disse ao cavaleiro:

— Meu senhor, por caridade, deixe-me soltar as mulas, porque, se os leões as matarem, ficarei arruinado. O carro e as mulas são tudo o que tenho na vida.

— Homem de pouca fé! — disse Dom Quixote. — Faça o que quiser, mas verá que toda essa trabalheira é perda de tempo.

O carreiro soltou as mulas com toda pressa do mundo. Sancho, com lágrimas nos olhos, implorou para que Dom Quixote desistisse da ideia, mas o fidalgo estava decidido a provar sua valentia. O tratador proclamou para que todos ouvissem:

— Sejam testemunhas de que abro as jaulas forçado e contra a minha vontade. Assim, todos os danos que essas feras causarem serão de responsabilidade desse senhor.

Dom Diego também tentou fazer Dom Quixote desistir de seu desvairado intento, mas foi em vão. Então, todos se afastaram para um lugar seguro, ficando ali apenas o cavaleiro e o tratador. Ao longe, Sancho chorava a morte certa de seu senhor, pois dessa vez não tinha dúvida de que ele seria destroçado pelos leões. Enquanto o tratador abria a primeira jaula, Dom Quixote ponderou e achou melhor enfrentar as feras a pé, uma vez que Rocinante poderia se assustar. Assim, ele saltou do cavalo e ergueu a espada.

O tratador abriu a jaula do leão macho, que era enorme e assustador. A primeira coisa que o animal fez foi se revolver na jaula e se espreguiçar todo. Depois, bocejou demoradamente e, com a grande língua que pendia da boca, lambeu os olhos e limpou a cara. O leão se ergueu e colocou a cabeça para fora da jaula, espiou de um lado para o outro, virou as costas e voltou a se deitar tranquilamente, com o traseiro apontado para Dom Quixote. O cavaleiro, inconformado, pediu ao tratador que irritasse o leão com alguma vara ou pedaço de pau.

— Isso eu não farei — disse o tratador —, pois não posso maltratar os animais. A jaula está aberta, o leão não sai por sua própria vontade. A grandeza de sua valentia, senhor, já está bem demonstrada. Se o combatente desafia o adversário e este não aceita o desafio, cabe a ele a vergonha, e ao desafiante cabem a glória e a vitória.

— Isso é verdade — respondeu Dom Quixote. — Feche a jaula, amigo, e conte a todos que eu desafiei o leão e ele não saiu para lutar.

O tratador obedeceu, e Dom Quixote, colocando na ponta da lança o pano que usara para limpar os requeijões, acenou para os que estavam longe. Sancho, ao ver o pano branco, disse aos demais:

— Matem-me se meu senhor não venceu os ferozes leões, pois está nos chamando!

Todos foram ao encontro de Dom Quixote e ouviram do tratador uma versão detalhada e especialmente enfeitada de como o leão havia se acovardado diante do cavaleiro. Dom Quixote mandou Sancho dar duas moedas de ouro ao carreiro e ao tratador para compensar o tempo que ficaram ali parados. O tratador prometeu contar aquela extraordinária façanha ao próprio Rei quando chegasse à corte.

— E se, por acaso, Sua Majestade perguntar quem enfrentou os leões — disse Dom Quixote —, diga-lhe que foi o Cavaleiro dos Leões, porque de hoje em diante quero ser assim conhecido.

Dom Diego sugeriu que eles se apressassem para chegarem logo à sua aldeia. Na casa do fidalgo da capa verde, Dom Quixote e Sancho comeram do bom e do melhor e descansaram sem ser incomodados. Enquanto estiveram lá, Dom Quixote entreteve o dono da casa narrando todas as façanhas que havia protagonizado. Ao fim de quatro dias, Dom Quixote e Sancho despediram-se de seu anfitrião e saíram em busca de novas aventuras.

CAPÍTULO 7

Sobre a famosa aventura do barco encantado

No caminho para Saragoça, Dom Quixote decidiu visitar o famoso rio Ebro. Depois de caminharem tranquilamente por dois dias, eles chegaram ao rio e ficaram admirados com a bela paisagem e a pureza e claridade das águas. Logo Dom Quixote avistou um pequeno barco sem remos amarrado a uma árvore perto da margem. Os dois saltaram de suas montarias e imediatamente o cavaleiro ordenou que Sancho amarrasse o asno e Rocinante em algum tronco por ali. O escudeiro quis saber o motivo de amarrar os animais, ao que Dom Quixote respondeu:

— Esse barco está me chamando para seguir em socorro de algum cavaleiro em perigo ou de alguma pessoa necessitada.

— Não me resta senão obedecer — disse Sancho —, mas, devo admitir, não vejo nada de especial nesse barco. Aliás, parece um barco comum de pescadores da região.

Dom Quixote pulou para dentro do barco, seguido de Sancho, que cortou a corda, fazendo o barco deslizar tranquilamente. Enquanto se afastavam da margem, Sancho foi tomado por um grande temor e começou a chorar em silêncio, já prevendo alguma catástrofe. Dom Quixote, irritado, perguntou-lhe:

— O que teme, criatura covarde? Por que está chorando?

O escudeiro nada respondeu. Foi então que Dom Quixote fez um longo discurso sobre as navegações, os polos e as constelações, sem dar atenção para a expressão de medo nos olhos de Sancho. Navegaram por algum tempo, sendo arrastados pela correnteza branda e suave. Um pouco à frente, avistaram grandes moinhos no meio do rio, e Dom Quixote disse em voz alta:

—Está vendo, Sancho? Lá está a cidade, o castelo ou a fortaleza onde deve estar algum cavaleiro que foi feito prisioneiro ou alguma rainha em perigo, por isso fui enviado.

— De que diabo de cidade, fortaleza ou castelo o senhor está falando? — perguntou Sancho. — Não vê que aquilo são moinhos construídos no rio, onde se mói o trigo?

— Cale-se, Sancho! — disse Dom Quixote. — Já não disse que os encantamentos mudam e transformam umas coisas em outras? Só parecem moinhos porque estão encantados! A mesma coisa aconteceu com Dulcineia.

Nisso, o barco pegou uma correnteza mais forte e começou a avançar rapidamente sobre as águas. Do outro lado do rio, os moleiros se agitavam, porque o barco seguia na direção das rodas dos moinhos. Os moleiros pegaram grandes varas para tentar deter o barco e, como estavam cobertos de pó de farinha, tinham uma aparência esquisita.

— Para onde vão esses dois malucos? — gritavam eles tentando alertar para o perigo à vista.

— Eu não avisei, Sancho — disse Dom Quixote —, que isso seria uma aventura das boas? Veja quantos vilões apareceram para lutar, olhe quantas criaturas de aparência estranha.

E, colocando-se de pé no barco, Dom Quixote ergueu a espada ameaçadoramente e gritou aos moleiros, que se encontravam na margem:

— Patifes malditos! Eu sou Dom Quixote de La Mancha, o Cavaleiro dos Leões, libertem os prisioneiros!

Os moleiros tentaram, em vão, evitar que o barco fosse despedaçado pelas rodas dos moinhos. Por sorte, o barco virou antes de ser atingido, e Dom Quixote e Sancho foram lançados na água. O cavaleiro, embora soubesse nadar como um ganso, foi ao fundo duas vezes devido ao peso da armadura. Se os moleiros não se atirassem na água e arrastassem os dois para a margem do rio, teria sido o fim de tudo.

Sancho, ensopado e tremendo de medo, ergueu as mãos para o céu e pediu a Deus, com uma longa e devota prece, que, dali em diante, o livrasse dos desejos malucos de seu amo.

Nesse momento, chegaram os pescadores donos do barco — já feito em pedaços pelas rodas dos moinhos — e exigiram de Dom Quixote o pagamento do prejuízo. O fidalgo respondeu, muito tranquilo, que pagaria tudo, desde que libertassem as pessoas que mantinham prisioneiras no castelo.

— Que pessoas e que castelo, homem sem juízo? — perguntou um dos moleiros. — O senhor por acaso deseja levar as pessoas que vêm moer trigo nesses moinhos?

— Basta! — esbravejou Dom Quixote. — É como pregar no deserto exigir que esses calhordas pratiquem alguma virtude! Nesta aventura eu fui enganado por dois encantadores. Um me deu o barco, o outro me jogou na água. Este mundo está parecendo uma teia de tramas contrárias umas às outras. Eu não aguento mais, estou exausto!

E, erguendo a voz, prosseguiu dizendo a alguns dos moleiros como se eles fossem os prisioneiros:

— Amigos, quem quer que sejam vocês que estão nessa prisão, perdoem-me, pois, para a minha desgraça, eu não posso lhes devolver a liberdade. Essa aventura deve estar reservada para outro cavaleiro.

Em seguida, Dom Quixote se acertou com os pescadores e pagou os estragos do barco.

— Mais dois barcos como esse e estaremos falidos — disse Sancho.

Os pescadores e os moleiros estavam espantados olhando aquelas duas figuras incomuns. Eles não entendiam nada do que dizia Dom Quixote e, julgando-o louco, voltaram a seus moinhos e a seus ranchos. O cavaleiro e seu escudeiro, por sua vez, retornaram para onde estavam o asno e Rocinante.

CAPÍTULO 8

Sobre o encontro com uma duquesa e a chegada a um verdadeiro castelo

Cabisbaixos com o ocorrido, Dom Quixote e Sancho montaram em seus animais e partiram novamente. O cavaleiro seguia pensando em seus amores, e Sancho pensava em sua tão desejada riqueza, que parecia cada vez mais distante. O escudeiro considerava absurdas as ações de seu amo e, por isso, buscava uma ocasião para abandonar aquelas loucas aventuras e voltar para casa.

No dia seguinte, ao pôr do sol, enquanto saíam de um bosque, Dom Quixote avistou alguns caçadores acompanhados por uma senhora montada em um cavalo muito elegante, enfeitado com adornos verdes e um estribo de prata. A dama também vinha vestida de verde e de maneira tão rica que Dom Quixote imaginou se tratar de uma senhora da alta nobreza — o que era verdade. Assim, ele ordenou a Sancho que o apresentasse para a nobre donzela. Sancho se aproximou da mulher, saltou do asno, postou-se de joelhos e lhe disse:

— Formosa senhora, aquele cavaleiro que se aproxima, chamado “O Cavaleiro dos Leões”, é o meu amo, e eu sou Sancho Pança, o escudeiro dele. Esse Cavaleiro dos Leões, que antes se chamava o Cavaleiro da Triste Figura, enviou-me para dizer a senhora que ele deseja beijar-lhe as mãos em homenagem a sua formosura.

A grande dama, depois de ouvir as palavras de Sancho, identificou o conhecido herói:

— Irmão escudeiro — disse a senhora —, o seu senhor é aquele da história chamada o Engenhoso Fidalgo Dom Quixote de La Mancha?

— É ele mesmo! — respondeu Sancho. — E aquele escudeiro que aparece na história, chamado Sancho Pança, sou eu.

— Isso me deixa muito contente — disse a senhora. — Vá, irmão Pança, e diga ao seu senhor que ele é muito bem-vindo.

Feliz com a agradável resposta, Sancho voltou para onde estava Dom Quixote e lhe contou sobre o gesto cortês da senhora. Ao ouvir a mensagem de Sancho, Dom Quixote se arrumou na sela e, montado em Rocinante, partiu para beijar as mãos da dama. Enquanto isso, a duquesa mandou chamar seu marido, o duque, pois os dois haviam lido a primeira parte desta história e adoravam livros de cavalaria. À medida que Dom Quixote se aproximava, a duquesa e seu marido combinaram de dar trela às loucuras do cavaleiro e de concordar com tudo o que ele dissesse, assim aproveitariam ao máximo o humor daquele encontro.

Dom Quixote chegou, de viseira erguida, e fez o movimento para saltar de Rocinante. Entretanto, como Sancho não estava segurando o estribo, o cavaleiro se desequilibrou e despencou do cavalo caindo de boca no chão. O duque pediu aos caçadores que ajudassem Dom Quixote a se levantar. O cavaleiro, mancando um pouco e xingando Sancho em voz baixa, aproximou-se do duque e da duquesa.

— Eu lamento, senhor Cavaleiro da Triste Figura — disse o duque —, que o seu primeiro movimento em minhas terras tenha sido tão desagradável.

— Do jeito que eu me encontre — disse Dom Quixote —, caído ou levantado, a pé ou a cavalo, sempre estarei pronto para servir ao senhor e à duquesa.

— Eu peço, senhor Cavaleiro da triste figura... — começou a dizer o duque, mas foi interrompido por Sancho.

— É "dos Leões", pois já não existe Triste Figura ou figuro — disse o escudeiro.

— Que seja o dos Leões — continuou o duque. — Peço que venha ao meu castelo, que fica aqui perto, onde lhe daremos o acolhimento que merecem os grandes cavaleiros andantes.

Sancho arrumou e fixou bem a sela de Rocinante. Dom Quixote montou nele, e o duque e a duquesa montaram em seus belos cavalos. Em seguida, tomaram o caminho do castelo. A duquesa pediu a Sancho que se aproximasse e contasse suas histórias, o que o escudeiro fez com muito gosto, pois imaginava que seria muito bem tratado no castelo do duque.

Pouco antes de chegarem, o duque se adiantou e deu instruções a todos os seus criados sobre como deveriam tratar Dom Quixote, que foi recebido com muitas reverências. Às portas do castelo, dois criados ajudaram o fidalgo a descer do cavalo. Quando entraram no pátio, duas formosas donzelas puseram sobre os seus ombros um sofisticado manto escarlate, e em um instante todos os corredores foram tomados por criados e criadas que disseram em voz alta:

— Seja bem-vindo, flor e nata dos cavaleiros andantes!

Os criados derramavam perfume sobre Dom Quixote e os duques. O fidalgo ficou admirado por, finalmente, ser tratado como um verdadeiro cavaleiro andante, da maneira como havia lido nos livros. Sancho, preocupado com o asno que ficara sozinho lá fora, disse a uma das criadas que estava por ali:

— Queria que você me fizesse o favor de ir lá fora, onde deixei o meu asno, e mandasse levá-lo para a cavalariça, ou leve-o você mesma, pois o pobrezinho é um pouco medroso e não gosta nem um pouco de ficar só.

— Vá você para a cavalariça, seu folgado! — disse a criada. — As criadas deste castelo não estão acostumadas a esse tipo de trabalho.

— E por que não? Está velha demais para isso? — perguntou Sancho.

— Filho de uma meretriz! — esbravejou a criada. — Se sou velha ou não isso não lhe interessa, patife que fede a alho!

Os gritos da mulher foram tão altos que a duquesa precisou intervir para acalmar os ânimos. O duque aproveitou para levar Dom Quixote a uma grande sala enfeitada com lindíssimas cortinas bordadas a ouro. Pediram ao fidalgo que largasse as armas e tirasse a armadura para, depois, vestir uma camisa. Mas Dom Quixote negou. Ele solicitou que entregassem a camisa a Sancho e trancou-se com o escudeiro em um aposento. Enquanto tirava a armadura e vestia a camisa, o fidalgo deu uma bronca em seu escudeiro:

— Prenda a língua e escolha bem as palavras antes de deixá-las sair da boca. Estamos em um lugar de onde sairemos, com a ajuda de Deus e do valor do meu braço, maiores em fama e em posses.

Dom Quixote vestiu a camisa, prendeu a espada e, às costas, colocou o manto escarlate. Assim enfeitado, saiu para o salão, onde doze criados o rodearam com muita pompa e o levaram a uma mesa na qual já estavam o duque e a duquesa. Sancho, muito impressionado com toda aquela cerimônia de recepção, acompanhou o seu amo até a mesa suntuosa. Os dois se sentaram e os criados, esforçando-se para segurar o riso, passaram a servir a refeição. A duquesa pediu novamente que Sancho contasse mais histórias sobre as aventuras de seu amo, o que o escudeiro fez com satisfação, pois estava muito à vontade sendo tratado daquela maneira. Dom Quixote, apreensivo, temia que Sancho dissesse bobagens, mas o escudeiro conseguiu se controlar.

— Então — perguntou o duque — é verdade que o seu amo lhe prometeu o governo de uma ilha?

— Sim! — respondeu Sancho. — Ao meu senhor não faltarão impérios, e a mim não faltarão ilhas para governar.

— De fato — disse o duque disfarçando uma risadinha —, eu, em nome do senhor Dom Quixote, confio-lhe o governo de uma ilha que possuo, de não pouco valor.

— Ponha-se de joelhos, Sancho — disse Dom Quixote —, e beije os pés de Sua Excelência pelo presente que acaba de lhe oferecer.

Sancho obedeceu prontamente. Depois da refeição, o cavaleiro e seu escudeiro foram repousar. A duquesa e o duque passaram um bom tempo rindo das histórias que haviam acabado de escutar. Então, por divertimento, combinaram de pregar em Dom Quixote algumas peças que se assemelhassem a grandes aventuras.

CAPÍTULO 9

Sobre a famosa aventura que narra o desencantamento da incomparável Dulcineia d'El Toboso

A verdade é que o duque e a duquesa se divertiam bastante ao conversarem com Dom Quixote e Sancho Pança. A duquesa admirava-se com a simplicidade de Sancho em acreditar que Dulcineia d'El Toboso estava mesmo encantada, tendo sido ele próprio o inventor de tudo aquilo. O duque, buscando aproveitar ao máximo a estada daqueles dois personagens em suas terras, ordenou a seus criados que preparassem uma caçada com tantos aparatos como se um rei também fosse dela participar. Os criados deram a Dom Quixote uma roupa de caçador, e a Sancho, uma roupa verde de tecido finíssimo. Dom Quixote se recusou a vestir o traje e preferiu usar a sua armadura; Sancho, por sua vez, aceitou a roupa que lhe deram com a intenção de vendê-la na primeira oportunidade.

Saíram todos montados em seus animais, inclusive o duque e a duquesa, e se dirigiram para um bosque localizado entre duas grandes montanhas. Os criados se dividiram em grupos e seguiram com os cães fazendo uma grande algazarra. Dom Quixote, a duquesa, o duque e Sancho saltaram de seus cavalos e ficaram à espera de alguma caça. Pouco tempo havia se passado quando perceberam que corria até eles, acossado pelos cães e perseguido pelos criados, um grande javali rangendo os dentes e soltando espuma pela boca. Ao vê-lo, Sancho se assustou e saiu correndo desesperado. O escudeiro tentou subir em uma árvore, mas o galho em que se apoiara quebrou, deixando-o pendurado de cabeça para baixo e com a roupa que pensava em vender toda rasgada. Dom Quixote, ao vê-lo naquela situação, correu para ajudá-lo. Quando se viu outra vez em cima de seu asno, Sancho respirou aliviado e disse:

— Não sei por que os príncipes e os reis praticam uma atividade tão perigosa! Não vejo graça nenhuma em matar animais inocentes.

— Você está enganado, Sancho — disse o duque —, pois o exercício da caça é necessário aos reis e aos príncipes para que pratiquem estratégias de guerra. Quando você for governador de sua ilha, pratique a caça para desenvolver a astúcia de um guerreiro.

— Isso não combina com a minha consciência — disse o escudeiro. — Prefiro me entreter jogando bola ou uma partidinha de baralho de vez em quando.

Com conversas desse tipo eles passaram a tarde. Quando chegou a noite, ouviram-se sons de cornetas e outros instrumentos de guerra, como se muitas tropas de cavalarias estivessem passando pelo bosque; soaram trombetas e clarins e retumbaram tambores. A confusão de sons era tão grande que mesmo o duque e a duquesa, sabedores do combinado, ficaram pasmos. Dom Quixote ficou em alerta, e Sancho tremia da cabeça aos pés. Nesse momento avançou até eles um cavaleiro vestido de demônio e soprando um chifre que emitia um som assustador.

— Diga-me quem é você, irmão — disse o duque —, aonde vai e que gente de guerra é essa que parece atravessar o bosque.

— Eu sou o Diabo e ando em busca de Dom Quixote de La Mancha — respondeu o cavaleiro com uma voz tenebrosa. — Os que passam por aqui são seis tropas de encantadores que trazem num carro triunfante a incomparável Dulcineia d'El Toboso.

— Se fosse mesmo o Diabo — disse a duquesa —, teria reconhecido Dom Quixote, que está bem na sua frente.

— Por Deus! — exclamou o cavaleiro demoníaco. — Juro que não percebi! Ando meio distraído e com muitas preocupações na cabeça.

— Esse demônio deve ser homem bom e cristão — disse Sancho —, caso contrário ele não juraria por Deus. Agora acredito que até no inferno existem pessoas boas.

O demônio, voltando-se para Dom Quixote, disse:

— A senhora Dulcineia está encantada! Se o cavaleiro andante esperar o que vem por aí, talvez ele descubra como quebrar o feitiço!

Dizendo isso, o cavaleiro demoníaco soprou o chifre de som aterrador e se foi sem esperar qualquer resposta.

— O senhor vai esperar? — perguntou o duque a Dom Quixote.

— Como não? — respondeu ele. — Daqui não saio, ainda que o inferno inteiro avance contra mim!

— Pois eu — disse Sancho —, se vejo mais um diabo tocando outro chifre como aquele, esperarei aqui como em Roma!

Então muitas luzes começaram a se movimentar no bosque. Ouviu-se um barulho estarrecedor, como o ruído de grandes rodas de carros de boi, cujo chiado, diziam, espantava os lobos e os ursos que estivessem pelo caminho. As cornetas, as trombetas, os clarins, as buzinas e os tambores juntaram-se ao temeroso ruído dos carros e formaram juntos um som tão horrendo que Dom Quixote teve de fazer valer todas as suas fibras para suportá-lo. Sancho, porém, não aguentou e caiu desmaiado nas saias da duquesa. Ela rapidamente pediu que jogassem um balde d'água na cara do escudeiro. Quando ele recobrou os sentidos, um carro de rodas maciças, puxado por quatro bois, já se aproximava, e, em cima dele, vinha um velho de barbas muito brancas e compridas. O velho levantou-se e disse em voz alta:

— Eu sou o sábio Lirgandeu!

E, sem dizer mais nada, seguiu adiante. Atrás desse carro veio outro, no qual havia outro ancião, que também disse em voz alta:

— Eu sou o sábio Alquife, o grande amigo de Urganda, a Desconhecida.

E seguiu em frente. Em seguida, da mesma maneira, chegou outro carro, mas quem vinha sobre ele não era velho como os outros, e sim um homem forte e de semblante nervoso. Com uma voz que parecia um trovão, ele anunciou:

— Eu sou Arcalaus, o encantador, inimigo mortal de Amadis de Gaula e de todos os seus parentes.

E passou adiante. Os três carros pararam perto dali, e cessou o ruído infernal das grandes rodas. Logo se ouviu outro, não exatamente um ruído, mas o som suave e harmonioso de uma música delicada. Sancho se alegrou um pouco e disse à duquesa:

— Senhora, onde há música não pode haver coisa ruim.

— Isso veremos — disse Dom Quixote, que a tudo escutava.

Ao compasso da música aproximou-se um carro puxado por seis mulas pardas. Sobre cada uma delas vinha um penitente, vestido de branco e trazendo na mão uma grande tocha de cera. O carro tinha o dobro do tamanho dos anteriores e sobre ele estavam outros doze penitentes, todos de branco e segurando as suas tochas. Acima de tudo estava um grande trono sobre o qual vinha sentada uma ninfa vestida de véus prateados. Ela trazia o rosto coberto por um véu transparente através do qual era possível perceber as formas de uma linda donzela, que parecia não passar dos vinte anos. Ao lado dela vinha uma figura vestida com roupas compridas e largas e com a cabeça coberta por um véu negro.

Quando o carro parou diante de Dom Quixote, a música cessou e a figura de roupas largas se ergueu num salto, arrancou o véu e mostrou o próprio rosto da Morte, descarnado e horrível. De pé, essa morte viva, com voz sonolenta, disse:

— Eu sou Merlim, aquele que as histórias afirmam ser filho do diabo, uma mentira deslavada que correu os séculos! Sou o príncipe da magia e amigo dos cavaleiros andantes. Nas sombrias cavernas em que habito, ouvi a dolorosa voz da incomparável Dulcineia d'El Toboso. Assim eu soube do seu feitiço e de sua desgraça.

Todos escutavam em silêncio. Sancho Pança nem piscava. A figura prosseguiu:

— Fiquei com pena da donzela e vasculhei mais de cem mil livros de feitiçaria. Por fim, descobri o remédio para desfazer o encantamento.

A expectativa era tanta que o silêncio parecia pesar sobre todos. A figura da morte suspirou demoradamente e disse:

— O remédio para o encantamento é que o escudeiro Sancho Pança dê três mil e trezentas chibatadas em suas próprias nádegas nuas.

— Vá para o inferno com esse modo de desencantar! — indignou-se Sancho. — O que as minhas nádegas têm a ver com essas coisas de encantamentos? Se esse tal senhor Merlim não achou outra maneira de desencantar a senhora Dulcineia d'El Toboso, por mim ela descerá encantada para a sepultura.

— Pois eu vou pegar você — disse Dom Quixote —, vilão que fede a alho, vou amarrá-lo a uma árvore, nu como veio ao mundo, e darei não três mil e trezentas, mas seis mil e seiscentas chibatadas!

— Não pode ser assim — disse Merlim. — É preciso que o próprio Sancho aplique as chibatadas com a força e no prazo que ele quiser. Mas, se ele desejar reduzir o número de chibatadas pela metade, elas devem ser aplicadas por outra pessoa, e com a mão muito pesada.

— Nem minha, nem de outra pessoa, nem leve e nem pesada — replicou Sancho. — Mão nenhuma vai tocar em mim! Por acaso eu pari a senhora Dulcineia d'El Toboso para que minhas nádegas paguem pelos seus pecados?!

— Escudeiro de coração de pedra — disse Merlim —, se mandassem você comer uma dúzia de sapos, se pedissem que se jogasse de uma alta torre, se exigissem que matasse a sua mulher e os seus filhos, não seria de estranhar que você se negasse. Mas fazer caso de três mil e trezentas chibatadas, que qualquer mau aluno leva por mês, causa espanto nas entranhas! Faça isso pelo pobre cavaleiro que está ao seu lado, o seu amo, que está com a alma atravessada na garganta!

Ao ouvir isso, Dom Quixote apalpou a garganta e disse para

o duque:

— É verdade, senhor, tenho a alma atravessada na garganta como uma noz.

— O que diz, Sancho? — perguntou a duquesa.

— Vocês deveriam considerar que estão pedindo isso não para um escudeiro, mas para um governador! — respondeu Sancho.

— Na verdade, Sancho — disse o duque —, se você não se dobra ao sofrimento dos outros, como conseguirá ser um bom governador? Enfim, ou aceite as chibatadas ou não será governador!

— Senhor — disse Sancho a Merlim —, você pode me dar dois dias de prazo para pensar no assunto?

— Não, de maneira nenhuma! — respondeu Merlim.

— Pense, meu bom Sancho — disse a duquesa —, em seu senhor Dom Quixote, na gratidão que ele merece por ser um cavaleiro andante e lutar em nome das injustiças.

Sancho tentou argumentar de todas as formas, mas acabou cedendo e aceitando dar as chibatadas em si mesmo, com a condição de que ele as aplicasse quando quisesse e sem obedecer a uma cota diária de açoites. Dom Quixote o abraçou e lhe deu mil beijos na testa e nas bochechas. O duque e a duquesa também mostraram estar muito satisfeitos com a resolução do escudeiro. O carro começou a se afastar e, ao passar por eles, a formosa Dulcineia fez uma grande reverência para Sancho.

CAPÍTULO 10

Em que Sancho Pança assume o governo de sua ilha

O duque e a duquesa ficaram tão satisfeitos com o sucesso da aventura do desencantamento de Dulcineia que resolveram levar adiante suas brincadeiras com Dom Quixote e Sancho Pança. Assim, eles orientaram os seus criados a prepararem a farsa que faria de Sancho o governador de uma ilha. O duque disse ao escudeiro que se arrumasse para ir ser governador, pois os súditos já estavam esperando por ele.

— Esta tarde os meus criados lhe entregarão as roupas e todas as coisas necessárias para a sua partida — disse o duque —, pois amanhã você finalmente se tornará governador.

— Podem me vestir como quiserem — disse Sancho —, porque, não importa a roupa que eu vista, eu sempre serei Sancho Pança.

— Isso é verdade — disse o duque —, mas os trajes devem se adequar ao ofício que se exerce. Não seria correto um juiz andar vestido como um soldado, nem um soldado passear por aí vestido como um padre. Você, Sancho, irá vestido parte como letrado, parte como capitão, pois na ilha que estou lhe dando são importantes tanto as armas como as letras.

— Letras não tenho quase nenhuma — disse Sancho —, pois ainda não sei o bê-á-bá. Quanto às armas, manejarei as que me derem, e que Deus me proteja.

Nisso chegou Dom Quixote e, ao saber do que se tratava a conversa, pediu licença ao duque e levou Sancho para o seu aposento com a intenção de lhe dar alguns conselhos. Depois de fechar a porta, Dom Quixote disse ao escudeiro:

— Dou graças infinitas ao céu, Sancho amigo, por lhe propiciar a ilha que eu havia lhe prometido. Escute com atenção, meu filho, pois eu desejo lhe dar alguns conselhos importantes que servirão como um guia nesse mar tempestuoso que é assumir um cargo dessa magnitude.

Sancho sentou-se e ouviu com atenção os conselhos de seu amo:

— Seja limpo e corte as unhas; não coma alho nem cebola, para que não fique com bafo de plebeu; beba moderadamente, pois o vinho em excesso nos faz dizer bobagens; tome cuidado, Sancho, para não falar de boca cheia nem eructar diante de ninguém.

— Isso de eructar eu não entendo — disse Sancho.

— Eructar, Sancho, quer dizer arrotar — disse Dom Quixote.

— Esse conselho eu levarei na memória — disse Sancho —, pois arrotar é uma das coisas que mais costumo fazer.

— Quando montar a cavalo — prosseguiu Dom Quixote —,

porte-se como um cavaleiro e não como se estivesse montado num asno; e, por fim, durma pouco, pois Deus ajuda quem cedo madruga.

— Senhor — disse Sancho —, tudo o que me disse são coisas boas, mas de que me servirão se não vou me lembrar de nenhuma? É verdade que aquilo de não deixar crescer as unhas e de não arrotar eu não deixarei escapar do pensamento, mas essas outras coisas vão se perder como fumaça em minha memória. Seria melhor me passá-las por escrito, ainda que eu não saiba ler, pois pedirei a algum criado que me leia quando for preciso.

— Um governador que não sabe ler! — exclamou Dom Quixote. — Por Deus, Sancho! Procure sempre agir com a melhor intenção, pois o céu sempre favorece os bons desejos. E vamos indo, pois devem estar nos esperando para almoçar.

No dia seguinte, Sancho saiu do castelo vestido como um letrado, com um largo casaco de lã muito fina e um gorro marrom. O escudeiro ia montado em um cavalo de raça e, atrás dele, seguia o seu velho asno, com enfeites jumentais de seda. De vez em quando Sancho virava-se para olhar o asno, cuja companhia muito lhe agradava. Antes de sair, Sancho havia se despedido do duque e da duquesa beijando-lhes as mãos. Quando se despediu de Dom Quixote, o cavaleiro ficou com lágrimas nos olhos, e o escudeiro se esforçou para não chorar.

Sancho chegou com seu cortejo a um lugar com cerca de mil moradores, que era um dos melhores que o duque possuía. Disseram-lhe que o lugar se chamava Ilha Baratária. Chegando às portas da vila, que era murada, as autoridades saíram para recebê-lo, os sinos repicaram e os moradores tomaram as ruas para demonstrar sua alegria. Com muita pompa, levaram-no à igreja matriz e, em seguida, com algumas ridículas cerimônias, entregaram-lhe a chave do povoado e o admitiram como perpétuo governador da Ilha Baratária.

A maior parte dos moradores não conhecia os propósitos do duque e, por isso, estavam espantados com o novo governador. Finalmente, levaram Sancho para a sala dos julgamentos e o sentaram na cadeira do juiz. O mordomo do duque, fingindo a maior seriedade, pediu silêncio a todos e disse em voz alta:

— É costume antigo nesta ilha, senhor governador, que quem tome posse dela responda a uma pergunta difícil e complicada. De acordo com a resposta, o povo avalia a inteligência do novo governador e se alegra ou se entristece com a sua chegada.

— Pode fazer a pergunta — disse Sancho —, que eu responderei da melhor maneira que puder, quer o povo se alegre ou caia em tristeza profunda.

Nesse momento, chegaram dois homens idosos, um deles trazendo uma bengala de bambu. O homem sem a bengala disse:

— Senhor governador, há dias emprestei a esse homem dez moedas de ouro, com a condição de que ele me devolvesse as moedas quando eu as pedisse. Depois de alguns dias, por necessidade, eu pedi as moedas de volta, mas ele não quis devolvê-las dizendo que já havia me pagado a dívida. O problema, senhor, é que eu não tenho testemunhas do empréstimo. Por isso, desejo que ele preste juramento e, se jurar que me pagou, eu perdoo-lhe a dívida.

— O que você diz sobre isso? — perguntou Sancho ao velho da bengala.

— Eu, senhor, confesso que ele me emprestou as moedas e juro que lhe devolvi o pagamento!

Para fazer o juramento, era necessário colocar a mão sobre a cruz da justiça. Assim, o velho da bengala pediu ao outro que a segurasse enquanto ele jurava, perante todos, ser verdade que ele havia devolvido as moedas de ouro, mas o outro, por esquecimento, continuava cobrando a dívida. Sancho perguntou ao cobrador o que ele tinha a dizer sobre o juramento.

— Ele está dizendo a verdade, pois o considero um bom cristão. Certamente eu me esqueci de ter recebido de volta as moedas de ouro.

O velho que havia feito o juramento pediu a bengala de volta e, baixando a cabeça, deixou a sala de julgamentos. Sancho, observando que o velho partia sem dizer mais nada, pensou por um momento e mandou chamá-lo de volta. Assim que o trouxeram, Sancho lhe disse:

— Dê-me essa bengala.

O velho entregou a bengala a Sancho, que, em seguida, deu-a ao outro idoso e lhe disse:

— Vá com Deus, pois já está pago!

— Como assim, senhor? — espantou-se o velho. — Por acaso esta bengala vale dez moedas de ouro?

— Sim! — respondeu Sancho. — Caso contrário eu sou o maior imbecil deste mundo. Agora veremos se tenho ou não cérebro para governar todo um reino.

O governador mandou que quebrassem a bengala ao meio diante de todos. Assim foi feito, e, dentro da bengala, encontraram as dez moedas de ouro. As pessoas ficaram admiradas e consideraram Sancho uma espécie de novo rei Salomão. Perguntaram-lhe como ele descobrira que as moedas estavam dentro da bengala, e o governador respondeu:

— Achei estranho o velho pedir a bengala de volta e sair de fininho. Então, me lembrei de um caso parecido que o padre da minha aldeia contou certa vez. Assim, desconfiei que as moedas estivessem dentro da bengala.

O velho, agora sem a bengala, foi embora humilhado, e o outro, muito satisfeito, saudou com o povo a sabedoria de seu novo governador. O mordomo do duque, seguindo o combinado, tratou de escrever ao castelo contando em detalhes o que tinha acontecido.

CAPÍTULO II

Sobre como Sancho Pança se comportou em seu governo

Conta a história que, da sala de julgamentos, Sancho Pança foi levado a um suntuoso palácio, onde, numa grande sala, estava posta uma luxuosa e limpíssima mesa. Assim que Sancho entrou na sala, quatro criados vieram com bacias e lavaram as suas mãos. O governador sentou-se à cabeceira da mesa — pois não havia outra cadeira por ali — e rapidamente postou-se ao seu lado um personagem, que depois mostrou ser médico, com uma varinha na mão.

Sobre a mesa havia frutas e comidas de todo tipo. Sem demora, um dos criados se aproximou com uma travessa de frutas. Contudo, mal Sancho havia comido uma delas, o homem ao seu lado tocou com a varinha na travessa, e o criado levou as frutas embora. A mesma coisa aconteceu com um prato de comida: antes mesmo de Sancho se servir, o homem tocou no prato com a varinha e o criado desapareceu com a refeição. Diante disso, Sancho, olhando para todos, perguntou se aquela comida era para comer ou apenas para sentir o cheiro.

— Deve-se comer, senhor governador — disse o homem da varinha —, como é costume em outras ilhas onde há governadores. Eu sou médico e estou sendo pago para cuidar melhor da sua saúde do que da minha. Assim, eu acompanharei os seus almoços e jantares e permitirei que o senhor coma somente aquilo que não cause mal ao seu estômago. Por isso, mandei tirar o prato de frutas, por ser coisa muito úmida, e também mandei levar a refeição, por ser muito apimentada.

— Dessa maneira — disse Sancho —, aquelas perdizes que vejo ali assadas parecem, em minha opinião, que não me farão mal algum.

— Essas o senhor não comerá enquanto eu estiver vivo — disse o médico.

— Mas por quê? — quis saber Sancho.

Ao que o médico respondeu:

— Porque o nosso mestre Hipócrates, o Pai da Medicina, disse que toda indigestão é ruim, mas a de perdiz é pior.

— Nesse caso — disse Sancho —, diga-me o senhor doutor o que eu posso comer desta mesa, pois estou morrendo de fome!

— Senhor governador, é melhor não comer aqueles coelhos guisados — disse o médico —, pois são perigosos; pior ainda seria degustar aquela vitela assada e muito temperada.

— E aquele prato enorme que está ali — perguntou Sancho —, fumegando, parecendo um belíssimo ensopado?

— Afaste-se dele! — exclamou o médico. — Não há nada pior para o estômago do que ensopados! O que eu recomendo, senhor governador, são uns canudinhos de massa de pão e umas fatiazinhas finas de marmelada.

Ouvindo isso, Sancho, irritado, perguntou ao médico como ele se chamava e onde ele havia estudado. O médico respondeu:

— Eu, senhor governador, me chamo Doutor Pedro Rijo de Agouro e sou de um lugar chamado Tirafora. Formei-me doutor na Universidade de Osuna.

— Pois então — disse Sancho, já tomado pela raiva —, senhor Pedro Rijo de Mau Agouro, natural de Tirafora, formado em Osuna, desapareça da minha frente! Caso contrário, quebrarei essa cadeira na sua cabeça! Médico horrível, carrasco da república! E que me deem logo de comer, senão abandonarei o governo desta ilha. Afinal, de que vale um ofício que não dá de comer a quem o exerce?

O médico ficou assustado ao ver o governador tão furioso e já ia saindo da sala quando um criado entrou apressado e entregou ao governador um pedaço de papel. Sancho, por sua vez, passou o papel ao mordomo e lhe pediu que lesse o sobrescrito, que dizia assim: "A Dom Sancho Pança, governador da Ilha Baratária, em suas próprias mãos ou nas mãos de seu secretário".

— Quem é o meu secretário? — perguntou Sancho.

— Eu, senhor, porque sei ler e escrever — respondeu o recém-nascido secretário.

— Abra essa carta e veja o que diz — ordenou Sancho, pedindo também que todos saíssem da sala, restando apenas o secretário e o mordomo.

O secretário, então, leu a carta, que assim dizia:

Senhor Dom Sancho Pança, chegou até mim a notícia de que uns inimigos meus estão prestes a atacar furiosamente a sua ilha. Convém ficar alerta, pois o ataque pode acontecer a qualquer momento. Sei também, por meio de meus espiões, que quatro criminosos entraram na ilha com a intenção de lhe tirar a vida, porque invejam a sua inteligência. Abra o olho, tome cuidado com quem se aproxima e não coma qualquer coisa que lhe oferecerem.

Do seu amigo,
O Duque

Sancho ficou atônito, e os outros fingiram estar igualmente espantados. O governador virou-se para o mordomo e lhe disse:

— A primeira coisa a se fazer é meter o Doutor Rijo no calabouço, porque, se há alguém aqui que pode me matar, é ele, e com uma morte terrível, que é morrer de fome.

— Também sou da opinião — disse o mordomo — que o senhor não coma nada do que está nessa mesa, pois tudo foi presente de umas freiras e, como se costuma dizer, atrás da cruz está o diabo.

— Você tem razão — disse Sancho. — Mas agora me deem um pedaço de pão e algumas uvas, pois isso não poderá estar envenenado. O fato é que eu não posso ficar sem comer nada. Além disso, para enfrentar essas batalhas, é preciso estar bem alimentado, pois as tripas sustentam o coração, não o coração as tripas. Senhor secretário, responda ao duque dizendo-lhe que faremos o que ele manda. Envie também um cumprimento à senhora duquesa e encaixe também uma saudação ao meu senhor, Dom Quixote de La Mancha, para que veja como sou agradecido.

Depois de comer, Sancho saiu, em companhia do mordomo e do secretário, para uma ronda em sua ilha. Depois de caminharem por algumas ruas, ouviram barulho de espadas; correram até lá e se depararam com dois homens brigando. Sancho separou a briga e pediu explicações aos dois briguentos. Um deles disse:

— Senhor governador, esse homem acaba de ganhar muito dinheiro nessa casa de jogo aqui em frente. Eu o ajudei com os meus palpites a levar o prêmio. Contudo, ele saiu sem me dar a gorjeta, como é costume nesta ilha.

— E você, o que diz? — perguntou Sancho ao outro homem.

— Ele não está mentindo, senhor governador — disse o homem. — No entanto, os palpites que ele me deu foram, na verdade, dicas para trapacear no jogo. Eu, como homem de bem, não quis recompensá-lo por esses ganhos ilegais.

— Muito bem — disse Sancho. — Você, bom ou mau vencedor, dê ao outro três moedas de gorjeta. O restante será dividido entre os pobres lavradores. E você, trapaceiro vadio, pegue essas moedas e desapareça desta ilha por dez anos! Por fim, fecharei todas as casas de jogos, pois são lugares muito prejudiciais.

O governador, o secretário e o mordomo seguiram em sua ronda. Não demorou muito e apareceram dois guardas trazendo um homem. Um dos guardas disse:

— Senhor governador, este que parece um homem, na verdade, é uma mulher vestida de homem.

O governador e seus acompanhantes olharam bem e viram o belíssimo rosto de uma moça de mais ou menos 16 anos. A jovem usava sapatos brancos de homem, meias vermelhas, calção verde e uma camisa de seda. Ela não trazia espada, mas uma riquíssima adaga na cintura. Todos ficaram espantados, inclusive o mordomo e o secretário, que, mesmo sabendo das intenções brincalhonas do duque, não conheciam a moça e não sabiam como terminaria aquele caso. Sancho perguntou à jovem quem era ela e por que estava vestida daquela maneira. Ela, envergonhada, respondeu:

— Não posso, senhor, falar em público sobre o meu segredo. No entanto, fique sabendo que não sou ladra nem criminosa. Na verdade, sou apenas uma donzela infeliz.

O governador pediu que as pessoas ao redor se afastassem, menos o mordomo e o secretário. Com isso, a donzela prosseguiu:

— Eu, senhores, sou filha de Diego de La Llana, que todos vocês devem conhecer.

— Eu o conheço — disse o mordomo. — É um rico fidalgo que tem uma filha e um filho. Depois que ficou viúvo, ninguém mais neste lugar viu sua filha, que ele mantém muito bem trancada. A propósito, corre o boato de que ela é extremamente bonita.

— Isso é verdade — disse a donzela —, e a filha dele sou eu. Não sei se sou tão bela como dizem, mas o fato é que ele me manteve trancada por mais de dez anos, desde que minha mãe morreu.

A jovem contou que não conhecia as ruas, as praças e as igrejas e nunca tinha visto uma festa ou uma tourada. Assim, com vontade de conhecer o mundo, mas temendo que a descobrissem, pediu as roupas do irmão emprestadas e saíram os dois para dar uma volta na aldeia. Quando voltavam para casa, depararam-se com os guardas. Com medo, saíram correndo, mas foram perseguidos e capturados.

— Estou aqui, senhor, por vontade de conhecer o mundo — completou a donzela.

Nisso chegaram mais dois guardas trazendo preso o irmão da jovem, que confirmou a história.

— Muito bem — disse Sancho —, isso foi apenas uma grande travessura. Vamos deixar vocês na casa de seu pai, que talvez ainda não tenha sentido falta da filha. E daqui em diante não mostrem tanta vontade de ver o mundo, pois quem deseja ver também quer ser visto.

Os jovens agradeceram ao governador e, sem demora, foram levados para casa pelos guardas. Com isso terminou a ronda daquela noite e, alguns dias depois, acabaria o próprio governo de Sancho Pança, como veremos adiante.

CAPÍTULO 12

Sobre o conturbado fim que teve o governo de Sancho Pança

Durante os seus poucos dias como governador, Sancho Pança tomou algumas medidas que incluíam regular o trabalho dos vendedores, controlar a qualidade do vinho vendido na ilha, diminuir o preço dos calçados, etc. As suas ordens foram consideradas tão benéficas que são conhecidas até hoje como "As leis do grande governador Sancho Pança". O duque, entretanto, julgou que era chegada a hora de pôr fim àquela zombaria e mandou que seus criados acabassem com o governo de Sancho.

Era a sua sétima noite no cargo e Sancho já estava cansado de realizar tantos julgamentos, dar pareceres e fazer estatutos. O sono o pegara de jeito e ele já estava de olhos fechados quando ouviu um grande ruído de sinos e vozes. Sentou-se na cama assustado e prestou atenção para ver se descobria o motivo daquela confusão. Os ruídos aumentaram e surgiram sons de trombetas e tambores. Sancho levantou-se de um salto e saiu à porta de seu aposento. Pelo corredor vinham mais de vinte pessoas segurando tochas e espadas e gritando a plenos pulmões:

— Às armas, senhor governador! Inimigos invadiram a ilha!

Um dos homens aproximou-se de Sancho e lhe disse:

— Arme-se logo, senhor, se não quiser perder a sua ilha!

— Por que vou me armar? Não entendo nada de armas! — disse Sancho. — Isso é coisa para o meu amo, Dom Quixote de La Mancha!

— Ah, senhor governador! — disse outro homem. — Deixe de conversa! Aqui lhe trazemos armas de ataque e de defesa. Seja o nosso guia e capitão e cumpra o seu dever de governador.

— Que assim seja — disse Sancho.

Rapidamente trouxeram-lhe dois grandes escudos e os colocaram sobre a camisola do pijama, um na frente e outro atrás, de modo que Sancho ficou entalado e sem conseguir dar um passo sequer. Por fim, deram-lhe uma lança, na qual ele se apoiou para não cair, e pediram-lhe que guiasse a todos na luta.

— Como, imbecis, se não consigo caminhar! — disse Sancho.

— Ande, senhor governador! — gritou alguém. — É mais o medo do que os escudos que o impede de andar! Mexa-se de uma vez, pois os inimigos se aproximam!

Sancho tentou se mover, mas acabou rolando no chão e ficou caído feito uma tartaruga encolhida em seu casco. Os criados brincalhões, que haviam elaborado aquela farsa, não sentiram pena do pobre governador e passaram por cima dele dando-lhe golpes nos grandes escudos. Sancho suava e pedia a Deus que o livrasse daquela situação. Finalmente ouviu-se uma voz que dizia:

— Vitória! Vitória! O inimigo foi vencido!

Assim que ajudaram Sancho a se levantar, ele disse:

— Não quero saber de inimigo derrotado! Quero saber de algum amigo que me traga um gole de vinho, pois estou seco por dentro, e me enxugue, pois estou encharcado por fora.

Enxugaram-no, trouxeram-lhe o vinho e tiraram os escudos. Sancho sentou-se em sua cama e desmaiou, devido ao nervoso que passara. Os autores da gozação ficaram preocupados e se perguntaram se haviam exagerado na brincadeira. Pouco depois, Sancho voltou a si e perguntou que horas eram.

— Está amanhecendo — alguém respondeu.

Sem dizer mais nada, Sancho se vestiu e foi até a cavalariça, seguido por todos os criados. Ao ver o seu asno, abraçou-o e lhe deu um beijo na testa. Com lágrimas nos olhos, disse-lhe:

— Venha aqui, meu companheiro e amigo! Quando andávamos juntos, meus dias eram muito mais felizes. Depois que nos separamos e subi as torres da ambição e do orgulho, só vieram misérias, trabalhos e preocupações.

Enquanto dizia isso, Sancho foi preparando a sela do asno. Em seguida, montou nele e disse para todos que estavam ali presentes:

— Abram caminho, meus senhores, e deixem-me voltar para a minha antiga liberdade. Eu não nasci para ser governador nem para defender ilhas ou cidades dos inimigos. Entendo mais de arar e plantar do que de fazer leis e defender reinos. É melhor para mim uma foice na mão do que um cetro de governador. Fiquem com Deus e digam ao duque que saio deste governo sem nenhum dinheiro, assim como entrei, ao contrário de muitos governadores de outras ilhas por aí.

— Senhor governador — disse o mordomo —, com muita boa vontade deixaríamos o senhor partir, mas, como já se sabe, todo governador, ao deixar a terra que governou, precisa prestar contas de seu governo.

— Somente o duque pode me pedir contas — disse Sancho. — Eu vou me encontrar com ele e mostrarei que governei como um anjo.

Todos concordaram e o deixaram ir. Além disso, ofereceram companhia e tudo o que ele necessitasse para a viagem. Sancho disse precisar apenas de meio pão e meio queijo, pois o caminho não era muito longo. As pessoas o abraçaram, impressionadas com sua firme resolução, e ele, emocionado, partiu da ilha (que ele nunca verificou se era mesmo uma ilha, uma cidade, uma vila ou um vilarejo).

No caminho para o castelo, Sancho e seu asno, por um capricho do azar, caíram em um fosso muito fundo e com paredes impossíveis de escalar. Desesperado, ele procurou, em vão, uma maneira de sair dali. Não teve jeito. Desconsolado, Sancho sentou-se ao lado do asno e, sem esperanças, começou a resmungar e a choramingar. Aconteceu que, naquela manhã, Dom Quixote havia saído do castelo para dar uma volta com Rocinante e espairecer a cabeça. Distraído, por pouco o cavaleiro não caiu em um grande fosso. Chegando mais perto, o fidalgo olhou, curioso, para aquela imensa fenda na terra. Então, começou a ouvir gemidos e queixas.

— Ô, aí de cima! — dizia a voz queixosa. — Há algum cristão que me escute ou algum cavaleiro caridoso que possa salvar um pobre pecador?

Pareceu a Dom Quixote que aquela voz era de Sancho Pança. Espantando, o cavaleiro perguntou:

— Quem está aí embaixo?

— Quem poderia ser — respondeu a voz —, senão o azarado Sancho Pança, ex-governador da Ilha Baratária, escudeiro do famoso cavaleiro Dom Quixote de La Mancha.

— Sancho! — exclamou Dom Quixote. — Está falando com Dom Quixote de La Mancha! Espere por mim! Irei ao castelo do duque e trarei ajuda para tirá-lo deste fosso!

— Por Deus! Vá, meu senhor — disse Sancho —, e volte logo, pois estou morrendo de medo!

Pouco depois, Dom Quixote voltou com vários criados e, com muito custo, retiraram Sancho e o asno do fosso. Quando chegaram ao palácio, Sancho atirou-se de joelhos na frente do duque e da duquesa e agradeceu-lhes pelo governo da ilha. Contou-lhes tudo o que havia acontecido, desde a chegada à ilha até o ataque dos inimigos. O duque e a duquesa ouviam tudo se esforçando para não estourarem numa gargalhada. Por fim, Sancho disse que não queria mais ser governador e que preferia voltar a servir a seu amo. O duque abraçou-o e lamentou por ele ter deixado o governo tão rápido. A duquesa, por sua vez, mandou que os criados cuidassem de Sancho, pois ele parecia muito cansado e faminto.

CAPÍTULO 13

Em que o engenhoso fidalgo e seu escudeiro partem do castelo do duque e da duquesa

Dom Quixote, depois de tanto tempo aproveitando a ociosidade e os luxos do castelo, julgou que era a hora de retomar as suas aventuras como cavaleiro andante. Assim, ele pediu ao duque e à duquesa licença para partir. Os donos do castelo concordaram que ele partisse, mas demonstraram ficar tristes com aquela decisão do cavaleiro.

Depois da cerimônia de despedida, Dom Quixote montou em Rocinante e partiu vestindo sua armadura e exibindo suas armas. Sancho, montado em seu asno, partiu logo atrás levando comida nos alforjes e duzentos escudos de ouro que o duque havia lhe dado para suprir as despesas da viagem. Dom Quixote, quando se viu cavalgando livre pela campina, virou-se para Sancho e lhe disse:

— A liberdade é um dos maiores dons que os céus deram aos homens! Venturoso é aquele a quem o céu deu um pedaço de pão sem que fique obrigado a agradecê-lo a alguém!

— Apesar disso — disse Sancho —, não podemos deixar de agradecer os duzentos escudos de ouro que o mordomo do duque me entregou, pois nem sempre encontraremos castelos onde nos tratem bem, e talvez topemos com algumas estalagens onde nos tratem a pancadas.

O cavaleiro e seu escudeiro viajaram a tarde inteira e, já quase mortos de cansaço, avistaram uma estalagem e para lá se dirigiram. Perguntaram ao estalajadeiro se havia um quarto disponível e se naquela estalagem serviam refeições. O estalajadeiro disse que sim. Sancho, curioso, perguntou o que tinha para comer.

— A sua boca será a medida — disse o estalajadeiro —, pois aqui servimos aquilo que o cliente desejar, das melhores aves aos mais delicados peixes.

— Não é preciso tanto — disse Sancho. — Dois frangos assados serão suficientes.

O estalajadeiro disse que não tinha frangos, porque os gaviões haviam comido todos.

— Então mande assar uma galinha — disse Sancho.

— Galinha? Por meu pai! — disse o estalajadeiro. — Ontem mesmo mandei vender mais de cinquenta na cidade e não sobrou nenhuma. Mas, tirando as galinhas, o senhor pode pedir o que quiser.

— Assim sendo — disse Sancho —, pode nos servir cabrito assado.

— Hoje, infelizmente, não temos cabrito — disse o dono da estalagem —, mas na semana que vem teremos de sobra!

— Muito bem! — disse Sancho. — Mande-nos então uns ovos cozidos.

— Essa é boa! — disse o estalajadeiro. — Como vou servir ovos se não tenho galinhas?

— Minha nossa! — exclamou Sancho. — Então me diga, afinal, o que tem para servir.

— O que tenho são dois pés de vaca cozidos com grão de bico.

— Que seja isso! — disse Sancho.

Na hora do jantar, Sancho e Dom Quixote estavam recolhidos em seu aposento. No momento em que o estalajadeiro trouxe a panela com os cozidos, Dom Quixote ouviu alguém dizer no quarto ao lado:

— Enquanto não nos trazem o jantar, Dom Jerônimo, leiamos outro capítulo da segunda parte de Dom Quixote de La Mancha.

Quando escutou o seu nome, Dom Quixote se pôs de pé e ficou prestando atenção no que o outro iria responder.

— Por que deseja, senhor Dom Juan, que leiamos essas bobagens? — perguntou o tal de Dom Jerônimo. — Quem leu a primeira parte da história não pode gostar da segunda.

— Ainda assim — disse Dom Juan —, devemos lê-la, pois não há livro tão ruim que não tenha alguma coisa boa. O que mais me desagradou nessa segunda parte é que ela mostra Dom Quixote indiferente em relação a Dulcineia d'El Toboso.

Dom Quixote, furioso, ergueu a voz e disse:

— Quem quer que diga que Dom Quixote de La Mancha esqueceu ou pode esquecer Dulcineia d'El Toboso, eu o farei entender, com as minhas armas, que está muito longe da verdade.

— Quem nos respondeu? — perguntaram-se os do outro aposento.

— Quem poderia ser — respondeu Sancho —, senão o próprio Dom Quixote de La Mancha!

Mal Sancho acabara de falar e entraram no quarto dois cavaleiros. Um deles, Dom Juan, abraçou Dom Quixote e lhe disse:

— Sem dúvida, o senhor é o verdadeiro Dom Quixote de La Mancha, norte e farol da cavalaria andante, embora muitos queiram diminuir o seu nome e contar mentiras sobre as suas façanhas, como fez um tal Avellaneda, o autor deste livro aqui.

Dom Quixote folheou o livro e disse:

— No pouco que vi já encontrei um erro. Aí diz que a mulher de Sancho Pança se chama Mari Gutiérrez, o que não é verdade, pois ela se chama Teresa Pança. Se o autor erra nisso, imagine no resto!

Os dois cavaleiros pediram a Dom Quixote que fosse ao aposento deles para jantarem juntos. O fidalgo aceitou o convite, enquanto Sancho ficou para degustar sozinho os pés de vaca cozidos. Durante quase toda a noite Dom Quixote e os cavaleiros conversaram sobre a obra daquele tal Avellaneda. Dom Juan perguntou a Dom Quixote para onde ele estava indo, e o fidalgo respondeu que ia para Saragoça.

— Que coincidência! — exclamou Dom Juan. — Pois este livro cheio de mentiras conta que Dom Quixote foi, de fato, até Saragoça.

— Se é assim — disse Dom Quixote —, eu não porei os pés em Saragoça! Com isso mostrarei ao mundo a mentira desse autor moderno!

— Faz muito bem! — disse Dom Jerônimo. — O senhor

deveria ir para Barcelona, uma bela cidade na qual poderá mostrar o valor de seu braço. Além disso, lá mora um grande amigo meu que poderá recebê-lo muito bem. Escreverei para ele uma carta avisando de sua chegada.

— É isso o que vou fazer — disse Dom Quixote.

O fidalgo agradeceu, despediu-se dos cavaleiros e foi para o seu quarto. Na manhã seguinte, Sancho pagou ao estalajadeiro o que deviam e os dois partiram rumo a Barcelona.

CAPÍTULO 14

Sobre a chegada a Barcelona e a batalha contra o Cavaleiro da Branca Lua

A manhã estava fresca quando Dom Quixote e Sancho Pança saíram da estalagem. Eles haviam pedido informações sobre o caminho mais curto para Barcelona e seguiram quase sem descanso. O anfitrião de Dom Quixote chamava-se Dom Antônio Moreno, cavaleiro rico, afável e amigo de uma boa diversão. A primeira coisa que ele fez foi exibir Dom Quixote numa sacada que dava para uma das principais ruas da cidade. As pessoas que passavam por ali olhavam espantadas para aquele homem vestindo armadura e segurando uma lança de cavaleiro andante. Sancho, por sua vez, estava contente, pois acreditava estar novamente em um castelo igual ao do duque.

Naquela noite, Dom Quixote e Sancho jantaram com alguns amigos do anfitrião. Todos queriam saber das façanhas e aventuras do cavaleiro e seu escudeiro. Sancho não se fez de rogado e contou com entusiasmo que havia sido governador da Ilha Baratária.

— Conte-nos mais! — pediu o anfitrião.

Dom Antônio e os convidados se divertiram bastante com as histórias de Sancho. Terminado o jantar, Dom Antônio conduziu Dom Quixote e Sancho — e também alguns dos convidados — a um aposento reservado, no qual não havia nada além de uma grande mesa e, sobre ela, uma cabeça de bronze semelhante aos antigos bustos de imperadores romanos.

— Agora, senhor Dom Quixote — disse Dom Antônio —, eu quero lhe mostrar uma das mais raras novidades que se pode imaginar, desde que o senhor e seu escudeiro não contem a ninguém este nosso segredo.

— Quando se trata de segredos — disse Dom Quixote —, eu tenho ouvidos para ouvir, mas não tenho língua para falar.

— Eu juro não dizer nada — disse Sancho.

— Sendo assim! — disse Dom Antônio pousando a mão sobre a cabeça de bronze. — Esta cabeça, senhor Dom Quixote, foi fabricada por um dos maiores encantadores que o mundo já viu. Ela tem a capacidade de responder a qualquer pergunta que lhe façam.

Então, com voz grave e solene, Dom Antônio perguntou à cabeça:

— Diga-me, quem sou eu?

— O senhor é Dom Antônio Moreno, o proprietário desta casa.

Todos ficaram estupefatos. Além de falar, a cabeça respondia corretamente.

— Quantas pessoas há na sala? — perguntou Dom Antônio.

— O senhor, dois amigos e mais o famoso cavaleiro Dom Quixote de La Mancha e seu escudeiro, Sancho Pança — respondeu a cabeça.

Um dos amigos de Dom Antônio se aproximou da cabeça e perguntou:

— Quem sou eu?

— E você não sabe? — retrucou a cabeça.

— Sim, eu sei! Mas eu quero que você me diga quem sou eu.

— O senhor é Dom Pedro Noriz — disse a cabeça.

Dom Quixote, intrigado, também quis fazer a sua pergunta. Ele se aproximou da cabeça, observou-a com cuidado por algum tempo e, enfim, perguntou:

— Se o meu escudeiro aplicar em si mesmo as chibatadas, a minha incomparável Dulcineia ficará desencantada?

— Sim, com as chibatadas de Sancho Pança, Dulcineia estará livre do encantamento.

— Isso me basta! — disse Dom Quixote, satisfeito.

Sancho foi o último a perguntar. Ele se aproximou da cabeça e quis saber se voltaria a ser governador de alguma outra ilha.

— Você governará a sua casa!

— Essa é boa! — disse Sancho. — Isso eu mesmo poderia adivinhar.

— Besta! — disse Dom Quixote. — O que quer que lhe respondam? Não basta a cabeça ter respondido a todas as perguntas?

— Basta, sim — respondeu Sancho. — Mas eu gostaria que ela respondesse com mais detalhes.

Com isso se acabaram as perguntas. Dom Quixote e Sancho estavam realmente admirados com a cabeça encantada, diferente dos dois amigos de Dom Antônio, que já conheciam a brincadeira. Na verdade, a cabeça e a mesa eram ocas e havia, no piso sob elas, um buraco que se comunicava com um aposento no andar de baixo. Ali ficava um esperto sobrinho de Dom Antônio, que respondia a todas as perguntas.

Na manhã seguinte, Dom Quixote, armado com todas as suas armas, saiu para passear na praia. Enquanto pensava em sua senhora Dulcineia d'El Toboso, o fidalgo viu se aproximar um cavaleiro igualmente armado e que trazia pintada no escudo uma grande lua brilhante. Quando alcançou Dom Quixote, o cavaleiro disse:

— Famoso e digníssimo cavaleiro Dom Quixote de La Mancha, eu sou o Cavaleiro da Branca Lua. Venho até aqui para combater contra o senhor e fazê-lo confessar que a minha dama, seja ela quem for, é mais formosa que a sua Dulcineia d'El Toboso. Aquele que perder a batalha deverá abandonar as armas, voltar para casa e ficar um ano sem procurar novas aventuras.

Dom Quixote ficou atônito com a arrogância do Cavaleiro da Branca Lua, mas respondeu-lhe com a maior tranquilidade do mundo:

— Cavaleiro da Branca Lua, de cujas façanhas nunca ouvi falar, eu aceito o seu desafio. Tome, portanto, a distância que desejar, pois eu farei o mesmo, e seja o que Deus quiser!

Um criado de Dom Antônio, percebendo a movimentação na praia, foi avisar o seu senhor. O rico cavaleiro, que não havia preparado aquela brincadeira e também não conhecia o Cavaleiro da Branca Lua, correu com alguns amigos até onde Dom Quixote e seu adversário iniciavam o duelo.

Como o Cavaleiro da Branca Lua era mais rápido, ele alcançou Dom Quixote no meio de seu caminho e, com um tremendo golpe, embora tenha tomado o cuidado de não tocá-lo com a lança, derrubou-o de Rocinante deixando-o estatelado no chão. Logo avançou sobre ele e, colocando-lhe a lança sobre a viseira, disse-lhe:

— Você foi derrotado, cavaleiro, e será morto se não cumprir as condições de nosso desafio.

Dom Quixote, atordoado e dolorido, sem erguer a viseira, disse, como se falasse do fundo de uma catacumba:

— Dulcineia d'El Toboso é a mais formosa mulher do mundo! Enfie a sua lança, cavaleiro, e tire-me a vida, pois já me tirou a honra.

— Isso eu não farei — disse o Cavaleiro da Branca Lua. — Basta-me que o grande Dom Quixote se retire para a sua terra por um ano, como combinamos antes do combate.

— Se o que me pede não é em prejuízo de Dulcineia — disse Dom Quixote —, eu cumprirei o combinado como um bom e verdadeiro cavaleiro.

Tudo isso ouviram Dom Antônio e seus amigos que lá estavam. Em seguida, o Cavaleiro da Branca Lua virou as rédeas e, cavalgando com elegância, entrou na cidade.

CAPÍTULO 15

Sobre a viagem de Dom Quixote e Sancho Pança de volta à sua aldeia

Dom Antônio Moreno, com o intuito de conhecer o Cavaleiro da Branca Lua, seguiu-o até uma estalagem onde ele estava hospedado. Ali, encontraram-se a sós em um aposento. Dom Antônio, consumido de curiosidade, quis saber a identidade do cavaleiro.

— Eu sou o bacharel Sansão Carrasco — respondeu. — Sou do mesmo lugar que Dom Quixote de La Mancha, cuja loucura preocupa a todos que o conhecem. Acreditando que a sua saúde depende de que ele fique em repouso, elaborei uma maneira de fazê-lo voltar para casa. Há três meses, eu saí à sua procura disfarçado como o Cavaleiro dos Espelhos. No entanto, naquela ocasião, fui derrotado por Dom Quixote. Apesar disso, eu não desisti, e consegui finalmente vencê-lo. Como ele respeita, acima de tudo, as ordens da cavalaria andante, tenho certeza de que cumprirá o que prometeu. Suplico ao senhor que não me denuncie, pois só assim talvez haja alguma chance de cura.

Dom Antônio prometeu não dizer nada, despediu-se e se foi.

Depois da derrota, Dom Quixote não saía da cama, triste, pensativo e desanimado. Sancho tentava animá-lo de todas as formas, mas o fidalgo estava realmente abatido. Finalmente, depois de seis dias, eles partiram: Dom Quixote desarmado e com roupas comuns, e Sancho a pé, pois o asno ia carregando as armas.

Quando passaram pelo local onde Dom Quixote perdera a batalha, ele disse tristemente:

— Aqui foi Troia! Aqui as minhas façanhas perderam o brilho, aqui o meu destino desmoronou para nunca mais se levantar!

Seguindo adiante, Sancho sugeriu que eles deixassem as armas penduradas em alguma árvore, pois fazer a viagem toda a pé, além de levar muito tempo, não era nada agradável.

— Muito bem, Sancho — disse Dom Quixote. — Vamos pendurar as minhas armas como um troféu e, na árvore, gravaremos o que estava escrito no troféu das armas de Roldão:

Ninguém as mova
que estar não possa
com Roldão à prova.

E assim fizeram. Depois de muito caminhar, os dois resolveram descansar ao pé de uma grande árvore. Dom Quixote, às voltas com muitos pensamentos sobre a vida que levaria durante o próximo ano, virou-se para Sancho e lhe disse:

— Como seria, Sancho, se nos convertêssemos em pastores durante o tempo do meu recolhimento? Eu comprarei algumas ovelhas e todas as coisas necessárias à vida pastoril. Andaremos pelos montes, pelas selvas e pelos prados respirando o ar claro e puro, cantando e aspirando os perfumes das rosas.

— Isso é que é vida! — animou-se Sancho. — Com certeza o bacharel Sansão Carrasco e o barbeiro Nicolás vão querer entrar nessa. Até mesmo o padre deve querer participar, pois é alegre e gosta de uma vida boa.

— Disse muito bem, Sancho — concordou Dom Quixote. — O bacharel Sansão Carrasco poderá se chamar o pastor Sansonino ou pastor Carrascão; o barbeiro Nicolás poderá se chamar Niculoso. A minha senhora Dulcineia não precisa mudar de nome, pois o dela funciona tanto para pastora como para princesa. E você, Sancho, poderá colocar em sua mulher o nome que quiser.

— Não penso — disse Sancho — em dar-lhe outro nome senão o de Teresona, pois cairá muito bem com a sua gordura e com o nome que ela já tem, que é Teresa.

Animados, os dois seguiram conversando e comeram um pouco da comida que traziam nos alforjes. Cansado, Sancho caiu no sono, mas Dom Quixote permaneceu acordado, envolvido com os próprios pensamentos. A certa altura, Dom Quixote acordou Sancho e lhe disse:

— Eu estou maravilhado, Sancho, com a sua condição. Você deve ser feito de mármore ou bronze, em que não cabe movimento nem sentimento algum. Enquanto você dorme, eu permaneço acordado, enquanto canta, eu choro. É obrigação dos bons criados sofrer as dores de seus amos e sentir os seus sentimentos. Olhe a serenidade desta noite que nos convida a permanecer acordados. Levante-se, por sua vida, e, com bom ânimo e coragem, dê em si mesmo trezentas ou quatrocentas chibatadas para livrar Dulcineia do encantamento.

— Senhor — disse Sancho —, eu não sou religioso para acordar no meio da noite e me penitenciar. Por favor, deixe-me dormir.

— E se o seu sacrifício for remunerado, Sancho? — perguntou Dom Quixote.

O rosto de Sancho se iluminou e ele sorriu de orelha a orelha.

— Muito bem, senhor — disse o escudeiro —, pois o amor que sinto por meus filhos e por minha mulher faz com que eu me mostre interesseiro. Diga-me quanto me dará por cada açoite.

— Se eu fosse pagar-lhe, Sancho — disse Dom Quixote —, conforme merece a grandeza de sua ação, o tesouro de Veneza e as minas de Potosí não seriam suficientes. Ponha você mesmo o preço de cada açoite.

Sancho, então, fez uma conta complicadíssima e quase impossível de se acompanhar. Dom Quixote ainda lhe ofereceu uma quantia a mais se o escudeiro começasse imediatamente a aplicar os açoites. Assim, Sancho pegou o cabresto do asno para usá-lo como chicote e caminhou uns vinte passos por entre algumas árvores.

— Tome cuidado, amigo — disse Dom Quixote —, para não despedaçar a própria carne. Dê espaço entre um açoite e outro. Não queremos que lhe falte a vida antes de chegar ao número desejado. Eu ficarei aqui do lado contando os açoites para não perdermos a conta.

Sancho tirou a parte de cima da roupa e, agarrando a corda, começou a se bater. Dom Quixote, um pouco afastado, passou a contar os açoites. Na sesta ou oitava chibatada, Sancho julgou a tarefa muito árdua e disse ao fidalgo que deviam desfazer o acordo, pois o preço que ele havia atribuído aos açoites estava muito abaixo do que realmente valiam.

— Eu dobro o valor! Prossiga! — disse Dom Quixote.

— Entrego-me nas mãos de Deus — disse Sancho —, e que chovam açoites!

O espertalhão, porém, deixou de dar as chibatadas nas costas e passou a dá-las na árvore em que estava encostado. Sancho soltava gemidos que pareciam arrancar a sua alma. Dom Quixote, preocupado com os gritos do escudeiro, correu até ele, segurou a corda que servia de chicote e disse-lhe:

— Não posso permitir, Sancho amigo, que por vontade minha você perca a vida que deve dedicar a sustentar sua mulher e seus filhos.

— Não, meu senhor — disse Sancho —, eu vou continuar, pois a formosa Dulcineia precisa ser desencantada!

Dom Quixote se afastou e continuou contando os açoites, enquanto Sancho continuou batendo impiedosamente na árvore. Depois de um tempo, o fidalgo gritou:

— Basta! Você alcançou os três mil e trezentos açoites necessários! Obrigado, Sancho amigo! Agora me resta esperar o desencantamento de minha senhora Dulcineia.

Felizes com o desfecho da situação, os dois deitaram-se e descansaram até o amanhecer. Naquele dia, seguiram viagem sem que nada de extraordinário acontecesse. Durante todo o caminho, Dom Quixote esperou topar com Dulcineia d'El Toboso já desencantada, pois ele realmente confiava nas palavras de Merlim. No entanto, nenhuma mulher apareceu na estrada.

Quando terminaram de subir uma grande encosta, puderam avistar a aldeia onde viviam. Sancho caiu de joelhos e disse:

— Abra os olhos, desejada pátria, e veja que retorna o seu filho Sancho Pança, se não muito rico, ao menos muito bem açoitado. Abra os braços e receba também o seu filho Dom Quixote, que, se vem vencido por braços alheios, vem vencedor de si mesmo, o que, segundo ele mesmo me disse, é a maior vitória que se pode desejar.

— Deixe de bobagens — disse Dom Quixote. — O importante agora é entrarmos com o pé direito em nossa terra. Aqui poderemos liberar nossa imaginação e entregar-nos às suavidades da vida pastoril.

Com isso, desceram a encosta e foram para a sua aldeia.

CAPÍTULO 16

Sobre a chegada à aldeia e o testamento de Dom Quixote

À entrada da aldeia, Dom Quixote e Sancho Pança se depararam com o padre e o bacharel Sansão Carrasco rezando em um pequeno gramado. O padre e Sansão Carrasco logo reconheceram os dois viajantes e se aproximaram de braços abertos. Dom Quixote saltou de Rocinante e abraçou-os efusivamente. Acompanhados do padre e do bacharel, e seguidos pelas pessoas do povoado que se juntaram para recebê-los, os dois foram levados para a casa de Dom Quixote, onde a governanta e a sobrinha já esperavam o fidalgo. Teresa Pança, a mulher de Sancho, não demorou a aparecer e, vendo o marido não tão bem vestido como ela imaginava que fosse um governador, disse-lhe:

— Por que vem assim, meu marido, a pé e esfolado, que mais parece um desgovernado que um governador?

— Cale-se, Teresa — disse Sancho. — Vamos para nossa

casa, pois lá contarei maravilhas. Trago dinheiro que ganhei com méritos e sem causar dano a ninguém, que é o que importa.

Em seguida, Sancho foi para casa com a mulher e deixou Dom Quixote na companhia da sobrinha, da governanta, do padre e do bacharel. Sem perder tempo, Dom Quixote falou sobre o seu plano de se tornar pastor e se entreter na solidão dos campos. Ele disse ao padre e ao bacharel que, se quisessem ser seus companheiros, ele compraria ovelhas e gado para todos. Além disso, ele já escolhera os nomes que lhes cairiam muito bem. O padre, curioso, pediu que Dom Quixote os dissesse. O fidalgo disse que iria se chamar pastor Quixotiz; o bacharel, pastor Carrascão; o padre, pastor Padrerando; e Sancho Pança, pastor Pancino.

Todos ficaram pasmos de ver a nova loucura de Dom Quixote. Contudo, como ele não tinha planos de se ausentar da aldeia, apoiaram-se na esperança de que ele pudesse se curar durante aquele ano de recolhimento.

Depois que o padre e o bacharel se foram, a sobrinha virou-se para Dom Quixote e lhe disse:

— O que é isso, tio? Agora que pensávamos que o senhor fosse desfrutar de uma vida tranquila em sua casa, inventa de se meter em novos labirintos?

Ao que a governanta acrescentou:

— E por acaso o senhor poderá suportar no campo o calor do verão, o sereno do inverno e o uivo dos lobos?

— Calem-se, filhas — disse Dom Quixote. — Eu sei muito bem o que faço. Agora, levem-me para a cama, pois sinto que não estou muito bem.

E as boas filhas (que sem dúvida o eram) levaram-no para a cama, onde lhe deram de comer e cuidaram dele da melhor maneira possível.

Durante seis dias, Dom Quixote ardeu em febre. Nesse período, ele recebeu visitas do padre, do barbeiro e do bacharel, sem contar Sancho Pança, seu bom escudeiro, que não arredou pé de sua cabeceira. Acreditando que a doença de Dom Quixote fosse causada pela derrota sofrida para o Cavaleiro da Branca Lua, tentavam alegrá-lo de todas as formas possíveis. O bacharel dizia para o fidalgo se animar e iniciar a sua vida de pastor. Ele próprio havia escrito um poema pastoril e comprado dois excelentes cães pastores. Dom Quixote, no entanto, permanecia imerso em sua tristeza.

Chamaram o médico, que lhe tomou o pulso e, sem muitas esperanças, disse para Dom Quixote cuidar da saúde da alma, porque a do corpo corria perigo. O fidalgo ouviu-o sem se perturbar, diferente da sobrinha e do escudeiro, que começaram a chorar ternamente. O médico afirmou que a melancolia e as decepções estavam acabando com o cavaleiro. Dom Quixote pediu que o deixassem sozinho, pois ele queria dormir um pouco. Assim fizeram, e ele dormiu por mais de seis horas, de modo que a governanta e a sobrinha pensaram que ele não fosse mais acordar. Quando despertou, ele disse em voz alta:

— Bendito seja o Deus todo-poderoso, que tanto bem me tem feito! As suas misericórdias não têm limites!

— O que o senhor está dizendo? — perguntou a sobrinha. — Que misericórdias são essas?

— As misericórdias, sobrinha — respondeu Dom Quixote —, são as que Deus me oferece neste instante! Agora eu tenho a mente clara e livre, sem a sombra tenebrosa da ignorância que sobre ela colocou a minha contínua leitura dos detestáveis livros de cavalarias. Já conheço os disparates e enganos desses livros, e é uma pena que esse esclarecimento tenha me chegado tão tarde, quando não tenho mais tempo para ler outros livros que me iluminassem a alma. Eu me sinto, sobrinha, prestes a morrer e gostaria que isso acontecesse de maneira que a minha vida não parecesse ter sido tão ruim a ponto de me deixar com fama de louco. Apesar de ter sido louco, eu não queria confirmar essa verdade em minha morte. Chame, amiga, meus bons amigos, o padre, o bacharel Sansão Carrasco e o barbeiro Nicolás, pois eu quero me confessar e fazer meu testamento.

Quando os três chegaram, Dom Quixote disse:

— Cumprimentem-me, senhores, pois eu já não sou Dom Quixote de La Mancha, e sim Alonso Quijano, a quem os meus costumes deram o apelido de "bom". Agora sou inimigo de Amadis de Gaula e de todos os tratantes de sua linhagem; agora odeio todas as histórias profanas da andante cavalaria; agora reconheço a minha tolice e o perigo em que me colocou a leitura delas.

Ao ouvirem isso, os três acreditaram que o fidalgo estivesse tomado de alguma nova loucura, e Sansão lhe disse:

— Justo agora, senhor Dom Quixote, que temos notícia de que a senhora Dulcineia está livre do encantamento, o senhor vem com essa? E quando estamos prontos para nos tornar pastores e passar a vida cantando como príncipes, o senhor quer se tornar um ermitão? Cale-se, por sua vida, e deixe de histórias.

— Sinto, senhores — disse Dom Quixote —, que estou morrendo. Deixem as brincadeiras de lado e tragam-me um escrivão para fazer o meu testamento. Enquanto isso, o senhor padre pode me confessar.

O padre pediu que todos saíssem e tomou-lhe a confissão. Pouco depois, voltou o bacharel com o escrivão e Sancho Pança. O escudeiro, ao saber o estado de seu senhor, começou a derrubar lágrimas de tristeza.

— Verdadeiramente está morrendo e verdadeiramente está bom dos miolos o senhor Alonso Quijano, o Bom. Podemos entrar para que ele faça o seu testamento — disse o padre.

Essa notícia fez com que a governanta, a sobrinha e Sancho Pança rebentassem em lágrimas. O escrivão entrou com os demais no aposento e escreveu o cabeçalho do testamento. Em seguida, disse Dom Quixote:

— É de minha vontade que de certo dinheiro que está em poder de Sancho Pança, a quem em minha loucura fiz meu escudeiro, não se peça conta alguma, e, se sobrar algum depois de pago o que lhe devo, que o restante seja dele; se, estando eu louco, fui capaz de ajudar que lhe dessem o governo de uma ilha, agora, se pudesse, eu lhe daria o governo de um reino, pois a sua simplicidade e fidelidade faz com que ele o mereça.

E, virando-se para Sancho, acrescentou:

— Perdoe-me, amigo, por ter feito você parecer louco como eu e por fazê-lo acreditar no erro de que existem cavaleiros andantes no mundo.

— Ai! — exclamou Sancho aos prantos. — Não morra, meu senhor! Aceite o meu conselho e viva muitos anos, porque a maior loucura que um homem pode fazer nesta vida é deixar-se morrer assim, sem mais nem menos, sem que ninguém o mate nem outras mãos acabem com ele senão as mãos da melancolia. Deixe de ser preguiçoso e levante-se dessa cama, vamos para o campo vestidos de pastores, como já tínhamos combinado. Quem sabe, atrás de uma árvore, encontremos a senhora Dulcineia desencantada! Se o senhor está morrendo pela tristeza de ter sido derrotado, ponha a culpa em mim! Diga que o derrubaram por eu ter amarrado mal a sela de Rocinante. Além disso, o senhor já deve ter lido nos livros de cavalaria que é coisa comum os cavaleiros derrubarem uns aos outros, e o que é vencido hoje pode ser vencedor amanhã.

— É verdade — disse o bacharel Sansão. — O bom Sancho Pança está com a razão.

— Senhores — disse Dom Quixote —, vamos pouco a pouco, pois nos ninhos do passado não há pássaros agora. Eu fui louco e já estou curado, fui Dom Quixote de La Mancha e agora sou, como já disse, Alonso Quijano, o Bom. Que os senhores permitam que eu me arrependa e que possam voltar a me estimar com antes.

E, virando-se para o escrivão, continuou:

— Deixo toda a minha fazenda para a minha sobrinha, Antonia Quijana, e a primeira coisa que ela deve fazer é pagar o que devo à minha governanta pelo tempo em que me serviu e acrescentar vinte ducados para um vestido. Também é minha vontade que, se Antonia Quijana quiser se casar, que se case com um homem que nunca tenha lido livros de cavalarias. Caso contrário, ela perderá tudo o que lhe deixei, que deverá ser distribuído a obras de caridade. Deixo como meus testamenteiros o senhor padre e o bacharel Sansão Carrasco, aqui presentes. Peço aos meus testamenteiros que, se por acaso vierem a conhecer o autor que dizem ter escrito uma história que anda por aí com o nome de *Segunda parte das façanhas de Dom Quixote de La Mancha*, peçam-lhe perdão, em meu nome, por tê-lo levado a escrever tantos disparates como escreveu, pois parto desta vida com a culpa de ter-lhe dado motivo para escrevê-los.

Com isso, Dom Quixote terminou o seu testamento e, tomado de um desmaio, estirou-se ao longo da cama. Todos ficaram alvoroçados e correram para ajudá-lo. Nos três dias que viveu depois desse em que fez o testamento, o fidalgo desmaiava com frequência. A casa estava agitada, entretanto a sobrinha comia, a governanta brindava e Sancho Pança mostrava-se animado, pois a herança apaga ou abranda no herdeiro a lembrança do morto.

Por fim, chegou o último momento de Dom Quixote. O escrivão afirmou nunca ter lido em nenhum livro de cavalarias que algum cavaleiro andante tivesse morrido tão sossegadamente como Dom Quixote, que, entre lágrimas dos que ali estavam, entregou seu espírito (quero dizer, morreu).

O padre pediu ao escrivão que desse o seu testemunho de que Alonso Quijano, o Bom, comumente chamado Dom Quixote de La Mancha, havia deixado esta vida e morrido naturalmente. Além disso, ficou registrado que nenhum outro autor, a não ser Cide Hamete Benengeli, poderia ressuscitá-lo falsamente e inventar intermináveis histórias sobre as suas façanhas. Esse foi o fim do engenhoso fidalgo de La Mancha, cujo lugar de nascença Cide Hamete não quis revelar para que todas as vilas e lugares de La Mancha disputassem entre si a glória de tê-lo como filho.

A verdade é que Dom Quixote, seja como Alonso Quijano, o Bom, seja como Dom Quixote de La Mancha, sempre se mostrou afável e agradável. Por isso era amado não só pelas pessoas de sua casa, mas por todos aqueles que tiveram o prazer de conhecê-lo.

Miguel de Cervantes

Miguel de Cervantes Saavedra nasceu em 29 de setembro de 1547, sendo o quarto dos sete filhos de Rodrigo de Cervantes e Leonor de Cortinas. Acredita-se que ele tenha nascido em Alcalá de Henares, cidade universitária nas proximidades de Madri. Apesar do interesse por filosofia, história e literatura, Cervantes buscou melhores condições de vida alistando-se em uma companhia de soldados. Aos 22 anos, percorreu várias cidades da Itália, onde conheceu diversas obras do Renascimento.

Em 1571, Cervantes participou da famosa batalha de Lepanto, em que a Liga Santa, formada por cristãos, barrou o avanço dos turcos no Mediterrâneo. Cervantes foi ferido por um tiro e perdeu a mão esquerda. Em 1575, quando retornava para a Espanha, o navio no qual viajava foi capturado pelos turcos e levado para a Argélia, onde Cervantes permaneceu preso por cinco anos até ser resgatado por sua família. Nesse período, ele começou a escrever *A Galateia*, novela pastoril que seria publicada anos depois.

De volta à Espanha em 1580, Cervantes viveu em Valência, Madri e Toledo procurando um modo de ganhar a vida. Depois de ter uma filha, chamada Isabel, com uma atriz, o autor casou-se com Catalina de Salazar. Enfrentando dificuldades financeiras, tornou-se comissário de impostos. Acusado de irregularidades na prestação de contas, Cervantes foi preso em Sevilha, período no qual teria redigido a primeira parte de *Dom Quixote*.

Em 1601, Cervantes mudou-se com a família para Valladolid e, em 1605, conseguiu a licença para a publicação de *Dom Quixote*. Apesar do sucesso do livro, os problemas do escritor continuavam, como perdas familiares, dívidas e processos. Em 1613, publicou as *Novelas exemplares*. Em 1614, editou um livro de poemas chamado *Viagem do Parnaso*. Nesse mesmo ano, um autor denominado Alonso Fernández de Avellaneda, aproveitando o sucesso de *Dom Quixote*, lançou a sua versão do personagem, que seria ridicularizada por Cervantes na segunda parte de sua obra, publicada em 1615.

Depois de publicar as suas peças de teatro no livro *Oito comédias e oito entremezes novos nunca antes representados*, Cervantes ingressou na Ordem Terceira de São Francisco e, no dia 22 de abril de 1616, morreu em Madri. Em 1617 foi publicada a sua última obra, o romance *Os trabalhos de Persiles e Sigismunda*.